私たちは生きているのか？

Are We Under the Biofeedback?

森 博嗣

JN179804

講談社
タイガ

イラスト——引地 渉
デザイン——鈴木久美

目次

Are We Under the Biofeedback?

by

MORI Hiroshi

2017

私たちは生きているのか？

動物はあっという間に進化した。変化のあまりのめまぐるしさに、わたしの目では追いきれないほどだった。生死をかけて戦う人間ばなれした怪物の種族が、つぎつぎとあらわれては消えた。人間に似た動物のちっぽけな群れが、あちこちにできはじめ、その数は一瞬ごとに倍増した。

（Fessenden's Worlds / Edmond Hamilton）

登場人物

ハギリ -- 研究者
ウグイ -- 局員
アネバネ --------------------------------------- 局員
タージ -- 案内人
マグナダ ------------------------------------- 占い師
ローリィ -------------------------------------- 収集家
リンデム --------------------------------------- 技師
シン --- 村長
キリナバ -------------------------------------- リーダ
フーリ -- 教師
ガロン -- 医師
フィガロ -------------------------------------- 羊飼い
カンマパ --------------------------------------- 区長
デボラ ------------------------------ トランスファ
ヴォッシュ --------------------------------- 科学者

プロローグ

　ホテルの部屋で、僕は映画を見た。珍しいことだが、その映画がたまたま映し出され、まるで見てくれと要求しているみたいだったのだ。もしかしたら、有料なのかもしれない。部屋に入ったときから、モニタに映っていた。あるいはもしかして、これが「消し忘れ」というやつだろうか。現代の日本では起こりえない現象だが、ここはアフリカの南端である。確かめていないけれど、たぶん、南半球だと思う。そして、南北半球なんて区分がいかに無意味なものだったのかを、人類の歴史が物語っている。それを思い出さずにいられない。

　消せば良かったのだが、それは闘牛の映像だった。映画といっても、ドキュメンタリィっぽい。ナレーションをメガネが通訳してくれるが、中身を期待してキャベツを切るみたいに全然面白くなく、ただ映像の説明をしているだけだった。牛は怒っている、闘牛士はプロフェッショナルだ。彼の鋭い刃が牛の突進を止めるだろう。そんな生易《なまやさ》しい感じだが、ただ迫力はあった。CGではないのだ。どうしてかというと、いかにもフィルムが古くて、CGのようにリアルでも鮮明でもない。もっと近くで見せてほしいと思っても、カメラが寄っていかない。ここぞという場面なのに、カメラの前を人が通り過ぎたりするのだ。

牛はだんだん動きが鈍くなってきて、ついに腹這《はらば》いになって動かなくなった。可哀相《かわいそう》な場面なのに、その場にいる観客たちは皆立ち上がって歓声を上げる。闘牛士を讃《たた》えるアナウンスも熱が籠《こ》もる。人間たちは興奮している。なんとも、不思議な価値観ではないか。牛に人間が勝った、という意味なのだろうか。それがそんなに嬉《うれ》しいのか。

闘牛というものは、もちろん知っていた。エンタテインメントとして、かつてヨーロッパに存在した。今でも行われているのだろうか。もしあるとしたら、牛はロボットになっているはずだ。そうでなければ世界中から非難を浴びる。しかし、ロボット牛になったら、もうこのショーは成り立たない。本来持っていた目的、人々を熱狂させる機能を失うからだ。何故《なぜ》、失われるのか。もちろん、ナチュラルな生命が消える瞬間、牛か、それとも人間か、という駆け引きに人々は興奮したのであって、ロボットやCGになってゲームになってしまっては、信号が切り替わるのと同じで、面白くもなんともない。

多くの伝統行事やスポーツが、危険だから、野蛮だからという理由で姿を消したけれど、そういったものに熱狂する遺伝子が、当時の人間にはあったということだ。今はどうだろう。人はまだ戦う、命を懸ける。その生死の狭間《はざま》といった境遇に、「勇気」のような夢を、いつまで見られるのだろうか。

　そうだ、勇者という言葉がある。今の時代、勇者はどこにもいない。少なくとも、僕は知らない。自分の周りを見回しても、その言葉に相応《ふさわ》しいのは、ウグイ・マーガリィくらいだ。彼女は、僅《わず》かかもしれないけれど勇者と呼べるのではないか。ただ、僕はそれを危惧《きぐ》している。勇者は、つまりは無謀な精神という意味でしかない。荒削りな判断だが、そう思えるのだ。

　ドアがノックされたので、僕はモニタで来訪者を確認してからロックを外した。入ってきたのはウグイが一人。五分ほどまえに部屋から出ていくときに、自分以外の何者が来てもドアを開けないように、と彼女は言った。僕は赤ずきんちゃんという童話を思い出して、狼《おおかみ》が来るんじゃないか、と連想したほどだ。

「アネバネは、ホテルの周辺をパトロールしています」ウグイが報告した。自分が何をしていたのかの説明はなかった。僕も特に知りたいわけではない。

「これ、どう思う?」僕は古いタイプのモニタを指さした。次の牛が闘牛場に入ってきたところだった。

「何がですか?」ウグイはきき返す。

「闘牛だよ」

「闘牛ですね」彼女は頷《うなず》いた。「それが、どうかしましたか?」

「だから、どう思う？」

「いえ、どうも」ウグイは首を僅かに一往復だけさせた。

「牛が可哀相だとか、闘牛士が勇敢だとか、そういうのは？」

「闘牛にご興味があるのですか？　それとも、これからの任務となにか関連が？」

「いや、どちらでもない。さて……」僕はモニタを消した。「今後のスケジュールは？」

「それが……、案内をしてくれるはずの人に、会えませんでした」ウグイは指を顳顬《こめかみ》に当てた。なにか情報を確かめているのだろう。単に時計を見ただけかもしれないが。

「約束をしていたのに？」

「はい、そうです。遅れるのであれば、連絡が来るはずです」

「何分待ったの？」

「三分待ちました」

「三分くらいの遅れは、オンタイムだと認識している人はいるんじゃないかな。ここは日本じゃないし。もう一度、待ち合わせの場所へ行ってきたら？」

「私がいなければ、連絡をしてくると思います」

「だったら、最初から、到着したら連絡する、という約束をすれば良かったのに」

「そうかもしれません」ウグイは首を傾け、眉《まゆ》を少しだけ上げた。納得がいかない、といった口の形だが、それは普段の彼女のデフォルトの顔に近い。

暇だったので詳しい説明を求めたところ、珍しく素直に教えてくれた。つまり、この近くで合流して、目的地まで案内をしてくれる現地の人間がいる。その人間とは、直接連絡を取ることはできないが、間に中継役がいて、これまでの連絡はすべて、その中継役を通しているらしい。案内人に会えなかったウグイは、当然その中継役にメッセージを送っただろう。その返事がまだこない。中継役も、案内人の動向を調べているのではないか、と彼女は話した。

アネバネが戻ってきた。ホテルの周辺を見回ってきたが特に異常なものはない、という報告を、沈黙のサインで示した。ウグイとアネバネの見解では、ここに我々三人がいることを知る術《すべ》はない。つけられてもいないし、事前に情報が漏《も》れるはずはない。したがって、現状はいたって安全だ、と僕に言う。

「でもさ、ここで会う約束をしていたわけだから、その情報は漏れるかもしれない」僕は指摘した。

「そういう危険がないように、中継役は人選されています。まちがいありません」ウグイが答える。

「だったら、その案内人の方は？　信頼できる？」

「それは、その中継役が信頼をした人物のはずです」

「信頼が八十パーセントの確率だとすると、二乗で六十四パーセントになるよ」

「日本にも、現在問い合わせています。もし、ご心配でしたら移動しましょうか?」

「待ち合わせ場所は、ここじゃないよね?」

「もちろん、違います。ここから三百メートルほど離れています」

「君が戻ってくるときに、つけられたりしてない?」

「ありえません」

「そう……」そこまで断定するなら、信用することにしよう。でも、また八十パーセントを乗じたら、確率は約五十パーセントだ。

だいたい、遠く離れた土地へやってくると、挨拶《あいさつ》のように誰かが襲ってくる、という事態が続いているので、自《おの》ずと心配性になってしまう。これは、進化だろうか。

ここへ来たのは、二つの目的があった。第一は、ウォーカロンが大勢集まっている村があるという情報を得たので、それを確かめること。もう一つは、この国の新しい研究機関を訪問すること。現れない案内人は、前者の目的地へのガイドだ。研究機関の訪問は明後日《あさって》の予定になっている。出張は、二泊三日の日程だった。

日本の情報局は優秀である。なんらかの危険があるのなら、事前に察知するだろうし、それに相応しい防備をする。ここへは、三人乗りの小型機で飛んできた。途中で二回も空中給油をした。たぶん、僕の人生で、最も長距離を浮かんだまま移動した体験だっただろう。その飛行機は、戦闘能力のあるメカニズムだったけれど、その能力を発揮するような機会は幸いなかった。これだけでも幸先《さいさき》が良《よ》い。

ウグイとアネバネは、窓の方へ行き、そこで二人でぼそぼそと話を始めた。どうするべきか、という相談だろうか。ウグイは、黒いスーツにサングラス。アネバネは、民族衣装のような不思議なファッションで、どこの国とも言い難《がた》いが、アラビアンな感じを僕は受けた。たぶん、僕の認識が間違っているのだろう。ウグイが上司で、アネバネが部下だが、戦闘能力はアネバネが上らしい。

現地の時刻ではまだ午後一時だが、僕たちにしてみると、もう夕食の時間で、空腹を感じていた。ホテルに食堂があるだろうと思っていたが、ウグイによると、カフェかバーのような店しかなかったらしい。ホテルから数十メートルのところにインド料理の店があったという。ランチが食べられるのではないか、とウグイは説明した。

「じゃあ、そこへ行こう」と僕が言うと、

「テイクアウトができるかもしれません」と彼女は答える。

「行けば良いのでは？　なにか問題でも？」

「想定外というだけです」今はサングラスを外していたけれど、ウグイは無表情である。

「いえ、たぶん、大丈夫だとは思います」そう言いながら、彼女はアネバネの方へ視線を向けた。

アネバネは、無言で頷いた。どういう意味かはわからない。少なくとも、大丈夫です、という意味ではないだろう。警告はしません、行くのなら任務を遂行します、くらいかな、と僕は想像した。

さっそく、そのインド料理の店へ向かうことになり、カレーが食べられるだろうか、と少しわくわくした。不思議なことだが、子供の頃からわりとカレーだけは厭《あ》きない。いつでも食べられる。連続で食べることも可能だ。しかし一方では、何カ月も食べないこともある。そうなっても、特に強く食べたいとは思わない。そういう付着性の低さも魅力の一つではないだろうか。

ホテルを出て、歩道を歩いた。コミュータのタクシーが数台、車道の脇に並んで駐車している。もちろん、運転手のいないタイプだ。通りを走る車も、歩道を歩く人間も、いずれもごく疎《まば》らで、閑散とした雰囲気《ふんいき》だった。ただ、どこも適度に整備され、綺麗《きれい》な街並ではある。治安は良いと聞いていた。

ここは港町のはずだが、今は海は見えない。イギリスの女性の名がその街につけられている。かつては観光地として栄えたようだが、世界的に観光自体が下火になって久しい。この土地の価値も、それに応じて下落したようだ。海の反対方向には、奇妙な形の山が見える。なんというのか、上部が平たくて、普通の山のように頂上というものがない。巨大な切株《きりかぶ》みたいだった。あの上はどうなっているのか、飛行機が着陸するときによく見ておけば良かった、と後悔した。想像で補うと、きっとあのむこうは、ずっとあの高さのまま土地が開けているのではないか。あそこが、かつての海岸、つまり岸壁だったのかもしれない。土地が隆起したのか、それとも、砂が堆積《たいせき》したのか、もともと海だったところにこの街ができた、というわけである。これは、僕の勝手な想像だけれど、たいていこんなふうに、なんでも勝手に想像して、自分だけの納得を得るという人生である。無理に真実をすべて知る会の会員でもない。

レストランの前まで来た。看板は英語である。ウグイは、案内人に会うために、この前を通ったのだ。外壁にメニューがあった。モニタではなく、人間が手で書いた文字だった。今時こんな古風なことをするなんて気が利《き》いている。

「良かった。カレーがある」僕は、その文字を読んで嬉しくなった。

「カレーがお好きなのですか?」ウグイがきいた。

「まあね」

アネバネは、メニューを見ていない。周囲を見回している。ウグイは、サングラスをしているので、どこを見ているのかわからない。僕が、ドアを押して最初に店に入った。

あまりにも想像どおりの店員が現れた。頭に布を巻いている。ロボットかと思ったが、まちがいなくウォーカロンだろう。わざとらしく微笑《ほほえ》み、僕たちをテーブルに招いた。英語の発音も綺麗で、メニューの見方を説明してくれた。三種類のカレーを頼み、それを全員で食べられるように、と頼んだ。あとはサラダとナンとドリンクだ。僕はラッシーで、ウグイとアネバネはお茶だった。何のお茶かはわからない。

ウグイは、顳顬に指を当て、横を向いた。なにか連絡が入ったようだ。その間に、僕はアネバネに話しかけた。

「君は、カレーは好き？」馬鹿馬鹿《ばかばか》しい質問だが、こういう質問が最も人間性を知ることができる。

「はい」アネバネは頷いた。普通は、このあとなにか補足とか、条件とか、関連する話題などの言葉が続くものだが、アネバネの場合はそれがない。答えるだけで用は足りる、ということだ。実によく彼の性格を表している。

「その衣装は、どこの国のもの？」ついでに、彼のファッションについても質問してみた。

「知りません」首もふらずに答えた。そうだろうな、とは思っていたところだ。

ウグイがこちらを向いた。僕もそれに合わせて、彼女の方へ視線を移す。

「連絡がありました。もうすぐ、会えそうです」彼女は報告する。

「どちら？　案内人？　それとも、中継役？」

「案内人です。バスが事故にあって、到着が遅れたそうです。連絡できなかったのは、端末が故障していたからだそうです。四十七分後に、約束をしました」

「その時間内に、カレーを食べないといけないね」

「充分な時間だと思いますが」

「わからないよ。出てくるまでに三十分以上かかるかもしれない」

「それでも、充分です」

そんなに慌ててカレーを食べたくない、と思ったが、三十分もかからなかった。白、緑、オレンジ色のカレーがテーブルに届き、僕たちはそれを食べた。オーソドックスな味だった。僕はとても美味《おい》しいと感じたが、カレーの評価については、ほかの二人の関心事ではないことは明らかなので、情報収集を諦《あきら》めた。

アネバネは話さないため、必然的にウグイとの会話になる。ウグイは、仕事の話しかしないから、必然的に今後の見通しについてである。

ウォーカロンばかりが暮らしている村がある、という情報は、たまたまそこを訪れた日本人からもたらされた。その日本人は、冒険家というのか、一人だけで自転車に乗ってこの国を旅しているらしい。その様子をレポートして公表しているのだが、自転車メーカやスポーツウェアのメーカがスポンサになっているようだ。ところが、それは表向きのことで、一番のスポンサは日本の情報局だった、ということらしい。シモダ局長からは、「これはトップシークレットですので、先生、できれば忘れて下さい」と言われた。

忘れろと言うくらいなら、教えてくれなくても良かったのに、と思ったものの、単なる趣味人の話を何故そこまで信用するのか、と質問をしたのは僕の方なので、局長を責めるのは筋違いかもしれない。トップシークレットということは、ウグイともその話はできない。ウグイは知らないかもしれないからだ。僕としては、案内人というのが、その趣味人の日本人なのではないか、と想像していた。発見した本人だし、日本語が話せる可能性が高い。それが自然だと思った。でも、スパイとしての使命を今後も全《まっと》うする方が、情報局にとって価値を生むかもしれない。となると、別人だということか。

「案内してくれるのは、どこの国の人？」僕はウグイに尋《たず》ねた。

「聞いていません」

「会ったときの目印は？」

「通信です」

通信で暗号でもやり取りするのだろうか。どうやら、その意味のようだった。

「パリの博覧会から脱走したウォーカロンたちだと思う？」本質的な質問をぶつけてみた。

「いえ、私はなにも思っていません。その可能性があるから、こうして調べにきたことは承知していますが」

「どうやって調べる？」

「本人たちに会って尋ねる以外にないと思います。あるいは、それを証明するなんらかのデータを見せてもらいます」

「それで、脱走ウォーカロンだと判明したら、どうするのかな?」

「脱走した理由を調べることになります。しかし、その任務はまた別です」

「うん、まあ、そうだろうね。順当なところだ」僕は頷いた。「私が来たのは、まず、ウォーカロンかどうかを判断するためなんだろうね。その点は聞いている?」

「先生がご自分から行きたいと申し出たのではありませんか。そう聞いています」

「そうそう。それは事実だ」

「それから、この国には、先生が開発された装置はありませんので、事実上、ウォーカロンか人間かは判別ができない環境にあります」

「それも、そのとおり。でも、その趣味人の日本人には、ウォーカロンだとわかったわけだ」

「村人が、自分たちはウォーカロンだと言ったからでは?」

「そこは聞いていない?」

「はい、聞いていません」ウグイは首をふった。

もう、カレーを食べ尽くしていて、三人とも飲みものを手にしている。僕のラッシーはもうない。カレーをもう少し食べたくて、お代わりがしたかったが、時差のために、このまま起きていて、もう一度食事をする可能性もあるので、自重しようと思った。

「もちろん、私以外にも、ウォーカロンと人間を識別できる人はいるはずだ。方々を巡っている人間ならば、それくらいの能力が養われても不思議ではない」特に、情報局の秘密要員であればなおさらだ。「少なくとも、情報局が信じるに足る根拠があった。もしかして、具体的なデータが送られてきたのかもしれないし……、私たちには知らされていない情報がね」

「はい、そうだと思います」

「なのに、やはり上は半信半疑だ」

「上というのは、局長のことですか？」

「違う。政府。その情報の信頼性が、政府を説得するには不足している。だから、私に行ってこい、ということになった」

「いえ、先生が行きたいとおっしゃったのでは？」

「行きませんか、と尋ねられたから、行きましょうか、と言っただけだよ」

「さきほどと、だいぶニュアンスが違います」

僕もそう思った。自分で言ったこと、自分が考えたことであっても、ニュアンスは常に違ってくるものだ。

このあとは、ホテルに戻るのかと思っていた。ウグイだけが、待ち合わせ場所へ向かうのだろうと。僕とアネバネの二人で帰るのだと。

しかし、そうではなかった。ウグイはなかなか店を出ていかない。彼女が言った約束の時刻まであと五分というときに、店に一人の客が入ってきた。一目で普通ではないとわかった。

その中年の白人男性は、真っ青な顔をしていた。目が宙を彷徨《さまよ》っていた。ドアを押して、そのままよろめき、倒れそうになった。店員が近づいたが、それを片手で制し、僕たちを認めて、黙ってこちらへ近づいてくる。尋常ではない形相《ぎょうそう》だった。

横を見ると、立ち上がったウグイは、既に銃を片手に持っていた。アネバネがすっと前に出て、最初にその男に近づいた。

「アネバネ」ウグイが小声で呼んだ。

アネバネが振り向くと、ウグイが首を一度横にふる。新来の男と信号のやり取りをしたのだ。それに僕が気づいたのは、二十秒くらいあとになってからだった。

男は、ウグイの前まで来て、床に膝《ひざ》を落とした。顔を下に向け、苦しそうに息をしている。汗をかいているようだ。

「どうしたのですか?」ウグイが英語で尋ねた。

「キルデア・ロードの七十八番地、マグナダに会え」顔を上げて、そう言った。

「何のために?」

「私の代わりに、案内ができる」

男性は、そこでまた下を向き、その後黙った。苦しそうにしていた息が止まり、力尽きたのか、ゆっくりと前のめりになり、床に倒れた。

店員が駆けつけてきた。ウグイは警察を呼ぶように、と指示した。

「病気かな」僕はきいた。

「いえ、違うと思います」ウグイは囁《ささや》くような声で答える。

「この人が、案内人？」

「はい」

「信号は正しかった？」

「たぶん」

「たぶんっていうのは？」

「確率は八十パーセントくらいです」

ウグイにしては、アバウトな数字だった。

第1章　生きているもの　Living things

またある世界では、生きている脳たちが大衆を支配する寡頭《かとう》政治が行なわれていた。世代を経るたびに、奴隷《どれい》となった人々が繰り返し脳の暴政に反旗をひるがえすのだが、そのたびに人間ばなれした主人たちの武器に鎮圧《ちんあつ》されるのだった。

1

警察とともに救急車がやってきて、倒れた男性は運ばれていった。既に心肺停止の重体だが、おそらく蘇生《そせい》は可能だろう。少なくとも、日本ならば可能だ。この国の医療水準は低くはないはずなので、死ぬことはまずない。ただ、意識が正常に戻る可能性は低く、たとえ戻るとしても、数日といった時間を要するだろう。この場合、「正常に」というのは、同じ人格が再び表れる、という意味だ。

こういった緊急事態に備えて、あらかじめ頭脳のステータスをデータとして保存しておくべきではないか、という議論がある。すなわち、人格のバックアップのようなものだ。技術的に可能ではあるけれど、費用や時間や設備の問題のほか、いつそのバックアップを取るのか、という点も判断が難しい。今のところ、誰でもが手軽にできるわけではない。もちろん、僕もそれをする気はない。なんというのか、一度死んで、また自分をインストールし直すなんて、人間として限りなく不自然な操作に感じるからだ。

僕たちは、もちろん、彼とは無関係の観光客だと見なされた。警官に対して、店員たちもそのとおりだと証言してくれた。挨拶もしなかったし、名乗り合ってもいない。このため、泊まっているホテルの名前を告げただけであっさりと解放された。

ウグイは、自分一人でキルデア・ロードへ行くと言ったが、僕は反対した。せめて、アネバネと二人で行くように、と指示をすると、それでは、僕を護衛する人間がいなくなり、自分たちの任務としては問題外だと反論されてしまった。

「では、三人で、そこへ行くしかない」僕は言った。「今の状況で、唯一の選択肢だね」

「いえ、もう一つあります」ウグイが言う。

「え？　あるかな……。ああ、アネバネが一人で行く？」

「違います。誰も行かない、です」ウグイが答える。「状況が変わったので、目標から離脱するべきでしょう。日本にすぐ帰っても良いと思われます」

「ちょっと待って。それはないんじゃないかなぁ。だって、研究機関を訪問する約束をしているわけで……」

「そちらは、それほど重要ではありません」

「まあ、そうだけれど。でもさ、わざわざここまで出てきたんだし、さっきの人も命懸けで、私たちを導こうとしたんだよ」

「病院で治療を受ければ、一命は取り留めると思います」

「それでも、命懸けと言って良いと思うな」

「神経に作用するガスの可能性が高い。僅かにその反応がありました。何者かに、狙《ねら》われた、しかも、確実に殺さなかったのは、ある種の警告だったのでは」

「ガス？　よくそんなことがわかったね」

「匂《にお》いがしたので、成分を分析しました」

「警告だとしたら、その、えっと、キルデア・ロードへ行くと、私たちもガスでやられると？」

「わかりませんが、私たちの調査に抵抗する勢力がいることは、まちがいないと思います」

「たまたま間違えて、その、ガスを吸ってしまっただけかもしれないじゃないか」

「ありえません。そんな可能性を本気でお考えですか？」

「いや、冗談だよ。十パーセントもない。うーん、困ったなあ……。アネバネはどう思う？」

彼は無言で首を横にふった。その反応は想定内である。

「それじゃあ、妥協案として……」僕は提案した。「日本から連絡してもらって、ここの警察に警護を依頼する、というのは？」

「それは、もうしました」ウグイは即答した。「まもなく、なんらかのアプローチがあるはずです」

「だったら、それを待って、警官と一緒にみんなで行くか、それとも、私だけ、ホテルで警官に守ってもらうか」

「そうですね……」ウグイは頷いた。ようやく少し妥協点が見出《みいだ》せたようだ。

とりあえず、ホテルへ向かって歩くことになった。

「住所と名前で検索してみましたが、有名な占い師のようです」ウグイが言った。彼女は僕の横を歩いている。アネバネは、五メートルほど後ろをついてくる。

「えっと、何て言ったっけ？」

「マグナダ」ウグイは答える。一度聞いただけで名前を覚える能力の持ち主か、それとも常に録音しているのか、いずれかだろう。「アポを取った方が良いでしょうか？」

「いきなり行っても、いないかもしれない。いても、客が多くて忙しいかもしれない。でも、占いがそんなに繁盛するとは思えないけれど」

「わかりません。有名だというだけで、私には不思議です」

「占い師っていうのは、みんなたいてい有名なんじゃないかな」

「どうしてですか？」

「うーん、つまり、当たらない人は自然に消えていくから、当たる人だけが残る。自然淘《とう》汰《た》みたいなもので、自《おの》ずと有名になるのでは？」

自分で言いながら、理屈が貧弱だとは感じた。ウグイも首を傾《かし》げてなにも言わない。ホテルに到着し、ロビィの奥にあるエレベータホールまで歩く。すると、そこに黒人の少年が立っている。花束を持っていた。

「マダム・マグナダからのメッセージ」高い声でそう言った。

ウグイが上衣の中に手を入れている。銃を抜く姿勢だ。アネバネは、いつの間にかそのようだ。少年の背後に立っていて、ウグイに向かって小さく頷いた。危険はない、という合図のようだ。少年は、僕のところへ近づき、花束を差し出す。それを受け取ると、にこりともせず走りだす。ロビィを縦断し、回転ドアを抜けて、外へ出ていってしまった。残念ながら、人間かウォーカロンかはわからなかった。

薔薇《ばら》のようだ。香りがする。造花かナチュラルかは、やはりわからない。カードが紐《ひも》で留《と》めてある。裏返すと、〈貴方《あなた》のために三時からフリー〉とあり、マグナダの名前が記されている。手で書いた文字だ。時計を見た。三時にはまだ一時間以上ある。エレベータのドアが開き、僕たち三人は乗り込んだ。

「どう思う？」ドアが閉まったところで、僕はウグイにきいた。

ウグイは無言で首をふった。考えているのだろう。どんな可能性があるか。

部屋まで戻った。アネバネは、周囲の警戒に当たるため、一度部屋に入ったあと、また出ていった。僕はソファに腰掛け、ウグイは窓際に立った。彼女は外を見ている。エレベータの数字を信じるならば、ここは六階で、このホテルの最上階の一つ下だった。

「うーん、まさか、すべてを占いで予見していたとは思えない。なにしろ、非科学的な事象は、とりあえず、ここ数百年は世界で一件も発生していない。可能性としてありえるのは、あの案内人を殺そうとしたのは、マグナダだということ。つまり、彼の最後の言葉も、単に言わされたメッセージだった。なんらかのコントロールをされていたってところかな」

「私も、そう思いました」ウグイは頷いた。「さっきの少年は、ウォーカロンですか?」

「わからない。でも、年齢からして、たぶんそうだろう」僕は頷く。「あの案内人も、ウォーカロンだった可能性が高い。比較的コントロールがしやすい、という意味だけれど」

「三時からフリーとは、どういうことでしょうか?」

「ほかのスケジュールを入れていない。会いにいらっしゃいってことなんじゃない?」

「会いたければ、こちらへ来れば良いと思いますが」ウグイは腕組みをして、不機嫌《ふきげん》な顔である。

「出張はしない方針なのかもしれない」

「そんなところへ……」

「のこのこと出かけていくわけにはいかない、と言いたい？」

「私は、のこのこなんて言いません」

「危険はないと思うよ。危害を加えるつもりなら、いつでもできた。カレー屋でも、エレベータホールでもね」

「しかし、明らかに危害を加えられた人が一人います」

「それは、たぶん、別の勢力だろう。彼は、命懸けでメッセージを伝えたんだ」

「では、彼がやられたところを、マグナダは見ていたのですか？」

「わからないけれど、その可能性が高い」僕は頷いた。

「水晶玉を使ったのですか？」

「使わないよりは、多少科学的な方法だ」

「どうしてですか？」

「電子的な機能が備わった水晶玉の可能性があるから」

ドアがノックされ、ウグイが開けると、アネバネが入ってきた。

「警官が来ました。外で護衛をするそうです」彼が報告した。

「思ったよりも早かったですね」ウグイがこちらを見て言う。ほんの少しだったが、口許《くちもと》が緩《ゆる》んだように見えた。

2

結局、キルデア・ロードの占い師を三人で訪ねることになった。ウグイが警官たちにもそれを説明し、そこまで警察の車で送ってもらえるよう話をつけてきた。何の目的で占い師に会うのか説明したのだろうか。たぶん、していないはず。

小さなバスのような車両だった。運転手がいる。窓にはファイバ・メッシュのプロテクタが取り付けられていた。爆弾を投げ込まれる心配はないが、銃の弾は通るだろう。そちらはガラスで防ぐ仕様かもしれない。

キルデア・ロードは、想像していたような場所、つまり、占い師が商売をするような、いかがわしい界隈《かいわい》ではなく、ハイソサイティっぽい住宅地だった。近くに大学がある、と警官が教えてくれた。七十八番地の前で車が停《と》まる。歩道の奥に傾斜した芝生が輝かしい。フェンスもゲートもなく、平屋の一軒家が建っていた。近所を歩く人の姿はなく、また車も走っていない。もしかして、多くは空家なのではないか、というほどの静けさだった。

アネバネが周囲を見回しながら先頭を歩き、僕たちはその家の玄関に近づいた。警官たちは途中で立ち止まり、最後までついてこなかった。ウグイはそれを気にしていたが、銃をすぐに抜けるような位置に片手がある。

インターフォンのボタンを僕が押した。すぐに、蛇のように濁《にご》った声がスピーカから聞こえた。こちらのこともきかず、〈中に入れ〉と英語で言った。

ウグイが銃を抜き、それを上に向ける。もう一方の手で玄関の戸を開けた。

中は暗い。誰もいないみたいだ。

ウグイ、アネバネが中に入る。僕は二人の肩越しに奥を見た。通路が真《ま》っ直《す》ぐに延び、突き当たりにドアがある。それが少し開いて、顔が半分見えた。色の黒い老人だったが、目は猫のように黄色かグリーンに光った。

「こっち」そう言った。さきほどのインターフォンと同じ声だ。うがいをしているような発声である。

ドアを開けたままにして、老人は奥へ消えた。アネバネが先頭を歩き、僕たちは進んだ。通路には窓もなく照明もない。壁は、ペンキがほとんど剝《は》げたコンクリートのようだった。ドアの中は、やはり窓のない部屋で、左手の奥のテーブルに小さなライトが灯《とも》っていた。赤と緑の細かい模様の笠《かさ》を被《かぶ》ったライトだった。そのテーブルのむこうに、老人は回り込み、腰掛けた。

いくら暗くても、ウグイやアネバネは赤外線でも見ているはずなので、部屋の隅々《すみずみ》まで確認できただろう。僕は、今は裸眼だったし、目が慣れないため、足許もよく見えなかった。

「ここに座って」老人が言った。

テーブルの手前に小さな木製の椅子《いす》が二つあった。丸い板に足が三本あるだけの質素なものだ。

ウグイが手招きして、僕に座るように促《うなが》した。彼女はもう銃を仕舞っている。この部屋にはほかに誰もいない、と確認できたからだ。

老人は名乗らなかったが、この人物がマグナダなのだろう。また、マダム・マグナダと少年が呼んでいたことから、女性だと推定される。見た目ではわからない。顔以外は黒い布で覆《おお》われているため、髪も耳も首も見えなかった。それにメガネをかけている。今風のメガネではなく、光学装置としての昔ながらのメガネだ。そんなクラシカルなものをかけている者は、もうほとんどいないだろう。

「私たちを呼び出した理由を教えて下さい」ウグイが、僕の横に座りながら言った。

「私の客は、ドクタ・ハギリ」マグナダはがらがら声でそう言った。「この女は、あんたのセキュリティかね?」

「そうです」僕は頷いた。「でも、同じ質問を私もしたい。どうして、こちらに私たちが来ていることを知っているのですか?」

「占ったのさ」マグナダは答えて、今にも笑いそうな顔になったが、ぜいぜいという息しか漏れなかった。もしかしたら、それが笑っている状態なのかもしれない。

「占うというのは、科学的にどういった意味でしょうか？」僕は尋ねる。

「そう、あんたは頭が良いね。ようするに、方々をハッキングして、沢山《たくさん》の声を聞く。あちらこちらを覗《のぞ》いて回る。そういうことから……」マグナダは、前歯を見せながら顎《あご》を上げる。そして、片手の人差し指を自分の頭の横に突きつけた。「ここで考えるってことさね」

「なるほど、理解しました。科学的ですね」

「そういう商売をしているんだよ、私はね」口を半開きにしたまま、目を細める。笑っているのか、嘆いているのか、どちらともいえない表情だった。「二輪車に乗った旅人が、私のところへ来た。その男は今は行方不明だけれど、少なくとも、豊かな村に行った。そこまではわかっている。もう一度行きたい、何度も行きたいと話していたよ。するとね、日本から、ある人づてに連絡があって、信頼できる案内人を捜してほしい、と言ってきた。そのある人ってのが、私の娘だ。良い娘なんだよ。その子は、ケープタウンの大学で教授をしている。ほら、だいぶわかってきただろう？　その子に頼まれて、私がタージを迎えにいかせた」

大学の教授をしているマグナダの娘が、連絡役らしい。

「タージは、誰を迎えにいったのですか?」

「ドクタ・ハギリのチームだ」

「ああ、では、カレー屋で倒れたのがタージですか?」

「そうらしいね。だいぶまえから、死相が出ていた。おお、可哀相に」

「誰が、彼を殺そうとしたのですか?」

「借金だらけの男だったからねぇ、しかたがない。こうなるのも、神のお導き。可能性のある者は、そうだね、五人はいる。それに、タージは人間じゃない」

「ウォーカロンですか……」僕は隣のウグイの顔を見た。

「では、彼は案内人ではなかったのですね?」ウグイが質問をした。「マダム・マグナダが、私たちを案内してくれる、ということでしょうか?」

「いや、私は案内はできない。場所は知っているがね」

「その場所を教えて下さい」ウグイが身を乗り出す。

「簡単なことさ」マグナダは頷いた。「あとで地図を描いてやってもいい。でも、そんなものなくても、誰でも知っている場所だ。〈富の谷〉と呼ばれている。その名できけば、誰もが指をさす。だから、その指の方へ行くだけだ」

「富の谷、ですね。ここからどれくらいかかりますか?」ウグイがさらに尋ねる。

「車で行けば、すぐだよ。凸凹《でこぼこ》道を走れる車を探しな」

「飛行機では行けませんか?」

「飛行機? そんなもので行ったことがないからな」

「山ですか? 森ですか? それとも岩山なのか、砂漠なのか……」

ウグイは、飛行機が着陸できるような場所かを尋ねているようだ。

「警官が案内してくれるよ」僕はウグイに囁いた。

「警官は、行かない」マグナダが首をふった。「あそこへは、誰も近づかない。人間ならばね」

「どうしてですか?」

「行ったが最後、誰も戻ってこないからさ」

「なにか危険がある、ということですか?」ウグイが尋ねた。

「そう、人間にとって最も危険なものがある」

「何ですか、それは」

ウグイの質問に、マグナダは目を瞑《つぶ》り、笑ったような顔のまま黙ってしまった。そうすることで、現実ではないものを見ようとしているのかもしれない。僕だって、目を瞑れば、現実ではないものを見ることができる。誰でも、それくらいの能力は持っているだろう。ただ、それが実質的に役に立つものかどうかが、人によって違う。占い師は、きっと未来の映像を見るのだろう。科学者だって、頭の中には輝かしい未来がある。あまりにも未来を見すぎて、明日や明後日のことが見えないだけだ。

その後は、なにを尋ねても、占い師は応えなくなった。瞑想《めいそう》の時間なのかもしれない。しかたがないので、僕とウグイはときどき顔を見合わせた。これで帰っても良いけれど、最低限、その富の谷への行き方を聞きたいものだ。

「この地方に伝わる伝説的なものがあって、その場所が怖《おそ》れられている、ということかな」僕はウグイに囁いた。これは日本語だから、マグナダには理解できないだろう。もちろん、理解されても問題はない。講師が黙ってしまったから、聴講者どうしで雑談をしたくなる状態といえる。

「案内はできなくても、だいたいの位置くらい示してもらいたいものですね」ウグイが不満げに言った。

「あれ、君は、行くなと言うんじゃないかと思っていたけれど」

「村に行くことは、今回の重要な任務です」

「なるほど。しかし、予期できない危険がありそうな話だった」

「そうですね。少し調べてみます。本局にも照会します」

後ろを振り返ると、壁際にアネバネが立っていた。キャビネットの陰に入って、じっと動かない。今、誰かがこの部屋に入ってきても、アネバネの存在には気づかないだろう。

「ローリィが来た」突然、マグナダが言葉を発した。まだ、目を瞑ったままだった。

その数秒後に、人が近づく気配があった。玄関のドアが開く音、通路の床の軋《きし》み。そのあと、ドアのノブが回った。ノックもしない。

アネバネは身を僅かに屈《かが》め、ウグイは僕の前に出て、銃を両手で構えた。

ドアが開き、中を顔が覗く。黒人の男性だった。

「マグナダ、いるんだろう?」声は、男性にしては高い。「暗いな、いつもここは」

「ローリィ、入りな」マグナダが応える。

ドアを開けて、その男が入ってきた。白っぽいスーツを着ている。ドアを閉め、数歩進み出た。口を開けたままで、顔は笑っている。笑い声を出しているわけではない。そういう顔なのかもしれない。

「お客さん? こんちわ」領く程度に顔が動く。「邪魔ですか? でも、来るように言われたんで……」

「ローリィ、この人たちは、富の谷へ行く。道案内をしてあげるんだ」

「へえ……、あそこへ行きなさるって? それはまた殊勝《しゅしょう》なことで」

ウグイが僕を見た。なにか言いたそうだが、わからない。

「行ったが最後、帰ってこられないと聞きましたが」ウグイは、ローリィにそう言ったあと、振り返って視線をマグナダに向けた。

「帰ってこなくても、ローリィは惜しくない」マグナダが呟《つぶや》く。

「どういう意味ですか？」

3

僕たちは、占い師の暗い部屋を出た。次の客が玄関の前で待っていた。太った老婦人で、日傘を畳んで、中に入っていった。警官たちも待っている。ローリィが来たときには、所持品の検査くらいはしたのだろう。ウグイも彼を疑って、アネバネにその検査をするように命じた。

明るいところに出て、ローリィをじっくり観察することができた。相変わらず、口が開いたままだ。それは、友好的な姿勢を示す顔なのかもしれない、と思い至った。スーツは薄汚れていて、しばらく洗っていないようだ。蝶《ちょう》ネクタイをしているが、それはTシャツにピンで留められていた。革の靴みたいなものを履いている。ぶかぶかで歩きにくそうだった。

ローリィは、片言の英語を話した。英語以外には話せる言語はない、と本人は言った。年齢は三十歳くらいに見える。背は高く、手も脚も長い。着ているものが、ぶかぶかでしかも長さが足りていない。誰かからもらった洋服なのかもしれない。

「君は、何をしているの？」僕は、ローリィに職業を尋ねた。

「私、収集家です」

「コレクタ？　何を集める仕事？」

「いろいろ」

「集めたものを、売るわけ？」

「売れない。誰も買わないよ」ローリィは首をふった。それでは仕事として成立しないのではないか、と僕は思った。

とりあえず、一度ホテルへ戻ることにして、ローリィも同行することになった。

警察の車で送ってもらうとき、ローリィは別の車両に乗ったので、ウグイと感想を話し合った。

「大丈夫でしょうか」というのが彼女の印象らしい。それは、僕も同じだった。しかし、難しい仕事ではない。場所を知っていることと、意思が通じること。それがすべてだ。

同乗した警官に、富の谷を知っているか、と質問すると、無言で頷いた。遅れて、首を横にふり、「行ったことはない。誰も行きません。だから、詳しくは知りません」とつけ加えた。これは少なくとも、マグナダが言ったとおりだ。

ホテルのロビィで、しばらく四人で話した。ラウンジからコーヒーを運んできてもらった。ローリィは、コーヒーを飲むのは初めてだと言い、苦いと顔をしかめたが、それでも、たちまちカップ一杯を飲み干し、お代わりを要求した。彼が無害だとわかったのか、アネバネは途中で席を立ち、出口から外へ出ていった。警官は、近くにいるのは二人だけで、ロビィの中央に立ち、こちらを見張っている。外にも何人かいるのだろう。そんな警備の様子を、アネバネは確認しにいったのかもしれない。

とりとめもない話を幾らかして、ローリィのことが少しずつわかってきた。家族はなく、一人で暮らしている。集めているのは、ゴミというか、捨てられたものだと言う。廃品回収業という意味なのだろう。いらないものを引き取って、金をもらっているらしい。その仕事とは別に、マグナダからもときどき仕事をもらっている。彼女の家の修理をしたこともある。占ってもらったことはない。マグナダの占いは高いからだ、と彼はその理由を話した。

「そういえば、料金を請求されなかった」僕はウグイに言った。

「請求される理由がありませんから」ウグイは即答する。「占いをしてもらったわけではありません」

「じゃあ、情報をくれたのは、慈善活動かな?」

「そんなところでしょう」

ウグイは、僕とローリィの会話には上の空みたいだった。おそらく、これから訪ねる場所のことを調べているのだろう。組んだ脚に肘《ひじ》をつき、その手に顔をのせている。指が顳顬に届いているから、通信中なのだ。彼女は、今日はストレートのロングヘアだったから、実際にはその手は半分髪に隠れていた。ただ、サングラスを外した目をずっとローリィに向け、睨《にら》みつけるような憮然《ぶぜん》とした表情だった。ローリィは、彼女の方をときどき見たけれど、視線を跳ね返されて、逸《そ》らさずにはいられない様子である。

「富の谷っていうのは、どうして？」僕は彼に尋ねた。

「何がどうして？」

「だから、えっと、富っていうのは何のこと？」

「ああ、うーん、白いやつだ」

「白い？」

「うーん、えっと、土の中から出てくる。みんながそれを欲しがっている」

「ああ、なにか採れるものがあるのか。なるほど、でも、それだったら、みんながそこへ行きたがるはずだ。どうして、危険なのかな？」

「危険？　山崩れかもしれない」

「山崩れか。それは危険だ。最近、雨が降った？」

「雨は降らない」

「雨が降ると、危険かもしれないね」

「白金が産出した地域が近くにあります。そこのことでしょうか」ウグイが久し振りに発言した。「ただ、鉱山は百年以上まえに閉鎖されています。資源が枯渇したというのが理由です」

「だいたい、辻褄《つじつま》が合うね」僕は頷いた。「だったら、今は危険しかない。知ってはいても、誰も近づかない」

廃坑が危険だ、ということを、ローリィは言いたいのだろう、と想像した。

ウグイは、黙って首を傾げた。ローリィと僕の馬鹿みたいな会話、効率の悪いコミュニケーションに苛立《いらだ》っているようにも見える。眉を顰《ひそ》めて聞いているのだ。

「そこに、ウォーカロンが集まっているそうだけれど」僕は、ローリィにきいてみた。ウォーカロンを話題に出すのは初めてだった。

「ウォーカ？　何、それは」

「知らない？　人間みたいだけれど、人間じゃないもの」

ローリィは、目を見開いた。驚いたようだ。口はもともと開けたままだが、さらに大きくなった。その顔のまま、彼はウグイを見て、それから、周辺へ視線を彷徨わせる。

「知っているようだね」僕は小声で言った。

「私、人間ではない」ローリィが言った。

今度はこちらが驚いた。僕は、ローリィを人間だと判定していた。ウォーカロンにこんな不思議な性格のタイプはいない。需要がないからだ。

「人間じゃない？」僕は身を乗り出して、ローリィを見据えてしまった。「じゃあ、何ですか?」

「何かは、わからない」ローリィは答える。「機械かもしれない」

「機械? それは、ロボットという意味かな?」

「ロボット。そう、そうかもしれない」ローリィは頷いた。

「ちょっと、手を触らせてもらえないかな」僕は、テーブル越しに彼の方へ手を差し伸べた。「握手をしよう」

ローリィは、腰を浮かせて、片手をこちらへ伸ばす。

「私とさきに、握手をして下さい」隣に座っていたウグイが機敏に立ち上がっていた。

ローリィとウグイは握手をした。ごく普通の光景に見えた。そのあと、僕も彼の手を握った。

普通だ。人間の手のように感じた。もちろん、そんなことは技術的に再現が可能だろう。シリコンの皮膚を使って、アクチュエータを精確に制御すれば、簡単に実現できる。だが、そんな精巧なロボットにしては、ローリィはいかにも不完全だ。意図的に、そういったプログラムをされている、ということだろうか。

ウグイがこちらを見て、首を少し傾げた。信じられない、という表情に受け取れる。

「わかった。では、ひとまず君の言うことを信じよう。質問を続けるけれど、君を作ったのは誰かな? 機械やロボットならば、それを作った人を証明するものがあると思う」

「今は、わからない」ローリィは答えた。

「今は？　どういうこと？」

ローリィは、首を傾げたまま答えない。いつまで待っても、黙ったままだった。

「じゃあね、君は、いつ作られたのかな？　それとも、年齢をきいた方が良いかな？」

「わからない」彼は首をふった。

「いつから、この街に住んでいる？　いつから、コレクタをしている？」

「この街には、五年住んだ。コレクタもだいたい同じ」

「そのまえは？」

「わからない」ローリィは首をふる。「どこにいたのか、わからない」

「覚えていないということ？」

「覚えていない」

「人間なんじゃないのかなぁ」僕は、少し微笑んでいた。「ロボットには見えないよ。生きているように見える。もしかして、ウォーカロンだという意味なんじゃないかな。それならば、話はわかる」

「ウォーカなんとかは、生きている？」彼はきいた。

「うん、生きている」

「私、生きていない。生きているものではない」

4

「どう思う?」僕はウグイにきいた。この質問は何回めだろう。

ローリィが席を立ち、彼女と二人だけになったときだった。ローリィはトイレにいくと話していた。生きていない者がトイレにいくだろうか、とは問い詰めなかった。

「どう思っても、意味はありません」ウグイは簡単に処理した。「富の谷の位置は確認できました。国道から五キロほど奥地で、道らしい道はありません。土地はだいたい平たくて、草原か砂漠のようですが、川があって、そこが浸蝕《しんしょく》して低くなっています。陸路ではなく、航空機で行った方が適していると思われますが、ただ、こちらですぐに手配ができるかどうかはわかりません。情報不足です」

日本から乗ってきたジェット機が、近くの飛行場にある。これは、垂直離着陸が可能だ。ウグイはそれを使いたいのだろう。しかし、航空機となると、この国に飛行許可を申請する必要がある。着陸場所も同様だ。背の高い植物が繁《しげ》っている場所には下りられない。また、空から行く場合、ローリィが案内できるのか、怪しいところではある。

「ローリィは、どうやって行くつもりだろう。彼は、やっぱり陸路なんじゃないかな」

「あの人は信用しない方がよろしいかと」

「でも、マグナダがわざわざ指名してくれたんだし」

「あの占い師も信用できません」

「もっともだ」僕は頷いた。

「目的は、その村にいるウォーカロンたちを確認することです。着陸しなくても、撮影ができるかもしれません。顔がわかれば、脱走したウォーカロンかどうかが判別できます」

「それがわかるだけだ。どうして脱走したのかを知りたい。それには、もっと、その、コミュニケーションが必要になる」

「その任務は与えられていません」ウグイは首をふった。「でも、先生のご意見には賛同します」

珍しいことを言うな、と思った。この頃、だいぶ丸くなってきたというか、融通が利くようになっている。彼女も成長しているのだ。

ローリィが戻ってきた。僕たちの前まで来て、にやにやと笑った顔になり、ソファに腰掛けた。

「コーヒーを飲んだからだ」ローリィが言った。

「何が？」

「トイレにいきたくなった」

「あそう……」そういうのは、人間の証拠ではないのか、と問いたかったが、その質問はやはりやめておいた。「ローリィ、富の谷へは、どうやって行く?」

「行き方は知っている」

「飛行機で行きますか?」ウグイがきいた。

「飛行機? ああ、あれは駄目」ローリィは大袈裟《おおげさ》に首を横にふった。「大きな音がする。見つかってしまう」

「誰に?」ウグイがすぐに尋ねる。

「なんとなく、バイクで行くのが良いね」ローリィは言った。口を開けて、また笑顔に戻っていた。

「なんとなく」ウグイが小声で繰り返し、僕に視線を向けた。

バイクというのは、二輪車の総称らしい。僕の人生では、あまり関わりがない乗り物だ。結局、ウグイも折れて、そのバイクで行くことになった。ローリィは、既にバイクを調達してある、と話した。いつ、その準備をしたのか、と尋ねると、昨日だと答える。マグナダから四台だと事前に台数まで指定されていたらしい。これを聞いて、ウグイがまた眉を顰めている。納得がいかないようだ。

しかし、マグナダが中継役の人物と関係があるのだから、これは説明できる。娘だと話していたが、僕は、中継人はマグナダ本人なのではないか、とも疑っていた。その可能性がある。わざわざ娘の話をした点が怪しいからだ。

いずれにしても、僕たちが来ることをマグナダは事前に知っていた。彼女がタージをこちらへ寄越した。彼が、どうしてあんなことになったのかはわからない。占い師ならばそれくらい予想できなかったのか、などと非科学的なことも頭を過《よぎ》った。しかし、彼女は昨日からローリィに指示をしていたということになる。あるいはタージのトラブルも想定内だったのかもしれない。

三十分後に出かけることに決めた。その三十分は、ウグイが指定したもので、本局との連絡と、承認を得るのに必要な時間だそうだ。ローリィは、その間に外でアイスクリームを食べてくる、と言ってホテルから出ていった。生きていないようには見えない。おそらく、アネバネが後をつけて、彼の行動を見張るだろう。

十分もしないうちに、ウグイは「許可が下りました」と僕に囁いた。六階の部屋に戻って、窓から外を眺《なが》めているときだった。

「バイクっていうのは、乗ったことがないな」僕は呟いた。「簡単に運転できるもの?」

「はい、簡単です」ウグイは即答する。

「左右に倒れたりしない?」

「はい」簡単に頷いた。

嘘《うそ》のディテールでも良いから、もう少し人を安心させる物言いをしてもらいたいものだ。彼女の場合、いつも気持ちが籠もっていないように見えてしまう。これに関しては、僕の淡い期待が本質的に間違っていたと判断し、話題を変えることにした。

「それで、村に到着したら、どうする?」

「観察したあと、すぐに引き返します」

「日が暮れるからね」僕は窓の外の日差しを確認する。まだ太陽は高い。南半球なので、季節と方角にまったく慣れない。「まさか、その村にホテルがあるとは思えないし」

「夜でも、走ることはできます。天候も良さそうです。明日の方が雨になる可能性が高いかと」

今日のうちに一度見てこようという話になったのは、天気の都合もあったのだ。ウグイのことだから、各方面、さまざまな角度から考慮済みなのだろう。

「警察と話しましたが、国道までは護衛をするそうです」

「国道までね」僕は頷く。「その先は、しないって?」

「管轄外だと言っています」

「便利な言葉だ。まさか、噂《うわさ》や迷信を信じているとは言えない。むしろ、なにか言い訳をしてもらいたかった。具体的なデータがあるかもしれない」

「富の谷で人が失踪《しっそう》した、という事件は検索しました。この十年間に二人です。五十年で遡《さかのぼ》っても、十人にはなりません」

「それ、少ないと思うわけ?」

「少ないですね。ちょっとした森林であれば、それくらいの自殺者はいます。平均的な数字ですが」

「ああ、そういう想像をしているのか。ここは、日本みたいに自殺者が多い国?」

「データがありませんでしたが、生活水準からすれば、日本と大差はないかと」

「寿命に関するデータは?」

「最近の統計しかありませんが、やはり、さほど差はありません」

「そうなんだ。なんだか寂《さび》れた街に見えたけれど、そうでもないんだね」

「この街は、たしかに斜陽です。観光地だったので」

そんな話をしているうちに、ホテルの方へ近づいてくるローリィとアネバネの姿が見えた。ローリィは、手にアイスクリームらしきものを持ち、それを食べながら歩いている。アネバネがその五メートルほど後ろをついてくる。出発の時刻まであと十分少々あったが、ウグイが「できるだけ早い方が良いでしょう」と言ったので、僕たちは部屋を出て、下りていくことにした。

入れ違いにならないように、アネバネにはウグイが連絡をしたようだ。エレベータのドアが開くと、ロビィで二人が待っていた。ローリィのアイスクリームはもうなくなっている。

「まず、どこへ行くのかな?」と僕が尋ねると、

「バイク屋」とローリィは笑顔で答えた。

5

港に近づく方向へ、ホテルから三ブロックほど行ったところにバイク屋があるそうだ。歩いても行ける距離だが、警察の車で移動することになった。

その短い間に、ウグイは同乗の警官と、富の谷の話をしていた。管轄外の理由を尋ねると、警官は、自分たちが担当するエリアではない、と答える。では、そのエリアを担当する警官はいるのか、とウグイがきくと、そこは警察が立ち入らないエリアだと説明した。どうも、ピンと来ない話である。私有地とか、なんらかの規制によって治外法権のような場所だろうか、と僕は想像した。

裏通りに入った行止りに、粗大ゴミ置き場のような場所があった。一番目立つ粗大ゴミはトレーラハウスで、そのサイドに〈トミィ・モーターズ〉と書かれていた。たしかに、ガラクタの中に車らしきものが何台かあったが、より精確にいえば、かつて車だったものばかりだ。バイクは見当たらない。

警官が五人も先に敷地《しきち》に入っていき、警戒の目でチェックをした。危ない場所だということだろうか。敷地内には人影はなかったが、トレーラハウスから男が一人出てきた。派手な模様のシャツを着ている。黒人のようだが、ローリィほど黒くはない。

ローリィは、その男に片手を上げて挨拶をした。相手は、軽く頷いただけで、それよりも、大勢の警官たちを睨みつけるように見回すことに時間をかけた。大きな音で音楽がかかっている。音源は、近くの屋根だけの建物のようだ。そちらを眺めているうちに、ドラム缶の上にのった年代物のデジタルラジオから出る音だとわかった。骨董品《こっとうひん》といっても良いだろう。僕が子供のときに日本で生産されたラジオだ。とても懐かしい。

「トミィ、バイクはどこだい?」ローリィがきいた。

男は、首を傾けてから、敷地の奥へ歩き始める。ついてこい、ということらしい。ローリィがトミィの横を歩き、次に僕たち三人が続いた。ローリィは僕たちを紹介するつもりはないようだし、トミィも気にしていないみたいだ。警官は三人が一緒に歩いた。あとの二人は、車に戻るつもりのようだ。

ゴミの山の間を抜けていくと、工場のような建物があった。柱はまだ垂直に近いが、梁《はり》は明らかに傾いている。最初から歪《ゆが》んだまま造られたとしか思えない。ドアはなく、中が見えた。そこにバイクらしいものが並んでいる。僕が想像していたものとはだいぶ違っていた。一番の違いは、円形のタイヤではなく、キャタピラだったことだ。

できれば、一台少なくて僕が乗るものがない、という状況を望んでいた。そうすれば、ウグイかアネバネが運転するバイクに同乗させてもらえるだろう、と淡い期待を抱いていたのだが、残念ながら四台揃《そろ》っていた。

トミィは一言もしゃべらなかったが、順番にエンジンをかけてみせた。排気ガスが大量に後方へ吹き出す。幸い、窓も全部開いているし、屋根と壁の間にも隙間《すきま》があって、ガスが充満するような事態には陥《おちい》らなかった。それでも、相当息苦しくなる。警官たちは外から見ている。僕は少しずつ後退して、戸口まで下がった。

ローリィは、ポケットからなにかを取り出し、トミィに手渡した。それは紙幣のようだった。この頃では見ることも珍しい。これは、買ったのだろうか、それとも借りたのだろうか、と疑問に思ったけれど、ウグイがその処理はするだろう。結局は、日本の情報局に請求が行くはずだ。

四台のバイクは、低い音で唸《うな》っている。エンジンを止めようという気はないらしい、このままこれに乗るのかと思ったら、少なからず恐怖を感じた。しかし、どうやらそうなりそうな雰囲気だった。

しかたがないので、できるだけ情報を得ようと、バイクの一つに近づいて観察した。どこにエンジンがあって、どこに乗るのかはすぐにわかった。手でハンドルを握ることも知っている。あとは、コントロールがどうなっているのか、という問題だ。ハンドルの中央には、メータが並んでいて、速度計、エンジンの回転速度計、燃料計などがわかった。そのほかにも三つあったが、おそらく、重要ではないだろう。モニタの類はなく、電子制御がどの程度行き届いているのか心配になった。

ウグイが近くへきた。

「そうだ」僕は思いついた。「これって、免許がなくても乗れるもの？」

「はい」ウグイは頷く。「その許可は得ました」

「あそう……」僕は三度くらい頷いた。「えっと、ヘルメットは？」

「エア・ヘルメットを装着します」ウグイは、バイクのシートの横に手を伸ばし、リング状のものを摑《つか》んで、僕に見せる。「これです」

「何？　知らないな」

「これを、首に付けます」ウグイは、僕の首にそれを装着してくれる。ネックレスみたいな感じだ。「子供のときに、付けませんでしたか？」

「子供のときに？　いや、そんな経験はないね」

「そうですか」ウグイはにこりともしない。

世代が違うのですね、と言わんばかりである。付けてしまったリングは、どうやって外すのかわからなかった。見ることもできない。たぶん、万が一のときに、バルーンが出てきて頭部を守るのだろう、と想像できたけれど、これが正常に作動する保証はあるのか、と問いたくなる。慎重なウグイがここを疑わないのは非常に不可解だ。

ローリィが、バイクの一台に跨《また》がった。こちらを見て、口を開けて笑っている。彼はハンドルの端を握って、エンジンの回転数を上げた。なにか言ったのかもしれないが、エンジンの音でまったく聞こえない。

「先生は、これに乗って下さい」ウグイが僕の手を引いて、二台めのバイクへ導いた。「この車種が最新型です。オートマティックですから、ただ、速度だけを、ここで操作すれば走ります。速度を落とせば、ブレーキも自動です」

「方向は?」

「方向というと?」

「どちらへ進むかは、どうやって操作を?」

「それは、これです」ウグイはハンドルを示す。「傾ければ、そちらへ自然に進みます。最初はゆっくり行きましょう。私が横かすぐ後ろを走ります」

「ああ、ありがとう」

心臓の鼓動がこんなに大きく打つのは久し振りだ。このまえ、ウグイとスカイ・ダイビングをして以来ではないか、と思い出した。できれば、心臓は小さく打ってほしい、と常々思っている。

ブレーキがない、というのも不可解だったし、キャタピラが一つしかないのに、どうやって進行方向を変えるのか、その機構もまだ発想できていない。そんな状況で運転をしても良いものだろうか。

とにかく、ウグイに促され、シートに跨がってみた。足はここに置いて、と指示をされる。足を地面から離しても、バイクは倒れない。

「進んでみて下さい」ウグイに言われた。

右手でハンドルを握っているところを、少し回転させる。エンジンの回転数が上がり、静かにバイクは前に進んだ。出口の方へ行かなければ、と思ったところ、自然にそちらへ向かった。不思議だ。人の意思を読み取るのだろうか。そんなにインテリジェントなのか。

外に出て、その場で少し走ってみた。警官たちが、道を開けてくれる。舗装されていない砂利道《じゃりみち》ではあったが、思いのほかソフトな乗り心地だった。左右への曲がり方もなんとなくわかった。急カーブを曲がるときには、曲がる方向へ車体が自然に傾く。スピードを落とそうと手首を戻す方向へ捻《ひね》ると、バイクは滑《なめ》らかに停止した。ブレーキが自動だというのも、体感できた。

不安は吹き飛び、これは面白いという高揚感《こうようかん》が沸き上がった。楽しいではないか。こんな面白いものに今まで出会わなかったなんて、運が悪かったとしか言いようがない。僕が大丈夫なのを確認したあと、ウグイは、ほかの二人と一緒に、バイクに跨がって外へ出てきた。彼女が僕のすぐ横まで来た。

「いかがですか?」心配そうな顔はしていない。常に無表情なのが彼女の特徴である。

「悪くないね」僕は微笑んだ。

「では、行きましょう」ウグイは後ろを振り返り、ローリィの方を見て、片手を振った。

ローリィが頷き、バイクをスタートさせた。それを追いかけるように、僕はスタートした。すぐにウグイが追いついてきた。アネバネは一番後ろを走るようだ。トミィ・モーターズの敷地から出て、裏通りを走る。警察の車もついてくるのがわかった。これは、メータの一つが後方を映し出すモニタだったからだ。動くものをアップで捉《とら》えるようになっているみたいだった。

走っているうちに、不思議は幾つか氷解した。信号待ちのときに見ると、キャタピラの表面が変化していることに気づいた。ただベルトが回っているだけではなく、ベルトの表面にある鱗《うろこ》のようなパーツの向きが変わるのだ。これで進行方向を調整している。それから、左右にはまったく倒れない。おそらく、加速度センサで感知して、ジャイロによる反動を生み出しているのだろう。乗ってみないとわからないものだ。

隣にいるウグイを見ると、彼女が乗っているバイクは、僕のものよりも古くて大型のようだった。エンジンから後ろに伸びる排気管が二本ある。音も違う。それから、彼女は首にリングを付けていなかった。

「リングをしなくても良いの？」と尋ねると、

「ええ、ご心配なく」と応える。後ろを振り返ると、アネバネもしていない。もちろん、ローリィもそんなものは付けていなかった。自分だけ初心者なのか、と少し残念だったけれど、しかし、安全第一である。

ほぼ北へ向かって走っているが、そちらの前方左方向に太陽がある。ときどき眩《まぶ》しく感じた。ウグイのサングラスが羨《うらや》ましい。街から出ると、信号はほとんどなくなり、また、走行速度も上がった。なかなか気持ちが良い。少し寒く感じたので、ヒータをONにした。これは、バイクではなく、洋服のヒータだ。天気が良いので、光発電で収支がとれるだろう。

後ろを振り返ったり、進路を微妙に調節することもできるようになり、かなりリラックスしてきた。警官たちは二台の車で後ろからついてくる。道路はとても空いていて、たまにコミュータかトラックとすれ違うだけだった。同方向へ走る車両はほとんど見かけなかった。

上り坂になり、カーブが多くなったものの、これがまた面白かった。運転するだけで、こんなに楽しめるものか、と驚いたくらいだ。上りきったところは、広く開けた草原で、そこを道が真っ直ぐに延びている。前方に山々が連なっているのが見えたが、あそこまでは行かないはずである。

6

ウグイの提案で、一度休憩をした。もちろん、僕のことを心配してくれたのだろう。老人のライダだし、初ドライブなのだから、過保護でもない。しかし、僕はまったく疲れていなかった。むしろ壮快で、いつもより体調が良いのではないか、と感じるほどだった。オーバかもしれないけれど、人生まだまだこれからだ、とほんの少しだけ思い直した。

その頃には、もう見渡すかぎり建物はなく、ただ、殺風景で代わり映えのしない風景の中に、一直線に道路が延びているだけだった。もう少しカーブがあった方が気が利いているのに、と文句を言いたくもなっていた。

結局、街を出てから一時間半ほど走ったところで、ローリィが停まって、左手を伸ばして指差した。草原の中へ下っていく細い道があった。人は歩けるが、幅が狭くて車は通れないし、舗装もされていない。どこまで道が続いているのか、先は森の中に消えているのでわからない。道路標識の類も一切なかった。何を目印にローリィがここで停まったのか、と不思議に思ったくらいだ。四台のバイクにはいずれも、地図などを示す装備はなさそうだったし、ウグイは例外だが、ローリィがそんな装備をしているとも思えない。見過ごしてしまわないだけでも、彼はインテリジェントだ。

警官たちに礼を言って、ここで別れることになった。「気をつけて」という声を聞いたけれど、その言葉の重みはわからない。単なる挨拶ならば良いのだが。

「ここから、五キロ弱ですが、ほとんど下りです」ウグイが僕に言った。「悪路なので、速くは走れないでしょうから、多少時間がかかるのではないかと」

「一時間もかからない」とローリィが笑い顔で言った。

「ちょっと待って」ウグイがそれを止める。「村の人たちに音を聞かれないようにした方が良い、と言っていたでしょう？　どうするのですか？　エンジン音を聞かれるんじゃない？」

ウグイが言っているのは、飛行機では無理だという理由が音のせいだ、とローリィが語ったからだ。

「近くなったら、バイク置いて、歩いていくんだ」ローリィは言った。

どうも、話しっぷりや表情はいざ知らず、受け答えの内容からすれば、彼の知性は平均的なものだと思われる。単に、英語が不得意なだけかもしれない。唯一の例外は、自分は人間ではないという発言だ。あれだけは、意味がよくわからない。

ローリィが先頭になって、今度は一列に進むことになった。ローリィの次はウグイが走り、彼女はときどき振り返って、遅れ気味の僕を見た。そのことをローリィに伝えたらしく、二人が待っていてくれることもあった。アネバネは、僕の後ろについて走っている。

道は一本で、両側は背の高い草。二メートルほどあるだろうか。だから、周囲の景色はまったく見えない。道は緩やかに下っている。蛇行《だこう》しているので、少し遅れると、前のバイクは見えなくなってしまう。ただ、幸い分かれ道はなく、ずっと一本道。迷う心配もなかった。

やがて、森の中に入った。針葉樹が多い。高さはそれほどでもなく、十五メートルくらいだろうか。風もなく、動くものもなかった。

スピードが遅くなったこともあって、少し暑くなってきた。ヒータは自動的に止まっているはずだ。湿気《しっけ》があるのか、この近辺の気候は、明らかに街とは違う。標高はこちらの方が高いはずだが、海風が届かないためかもしれない。

緩やかな傾斜を下りきったところで、二度めの休憩をした。その先はさらに土地が低くなっている。森を抜けたところで、山は相変わらず遠く、近くには高いものがない。この先には川が流れていて、その川の流れが長年にわたって土地を削ったため、谷ができているらしい。それは、ウグイが地形データから読み取ったものだ。富の谷というくらいだから、その近くなのだろう。ローリィは、まだもう少しだけバイクで行く、と話した。ここまでが半分くらいだとも言う。

「静かだね」僕は呟いた。四台のバイクはエンジンを止めていたし、風もなく、物音がまったく聞こえない。「動物もいないのかな」

空を見上げたけれど、飛んでいる鳥も見えなかった。雲もなく、晴れ渡っている。長閑《のどか》な場所だ。

「村へ行く道は、ここ以外にはないの?」僕はローリィにきいた。「村の人が、ここを通る可能性は?」

ローリィは、口を開けたまま首をふった。わからない、なのか、そんな可能性はない、なのかどちらだろう。

「川で海まで出られるのではないでしょうか」ウグイが言った。的確な推論だ。滝のような段差がなければの話だが。

それよりも僕は、村のことを考えていた。そもそも、そこはどんな産業で成り立っているのだろう。これは、ローリィに質問をしたけれど、明確な答は返ってこなかった。農業はしていないと言うし、牧畜もしていないらしい。そうなると、食べるものは外部から買ってくるしかないが、そのアクセスはどうなっているのか。また、買うためには資金が必要だが、収入をどうやって得ているのか。ローリィはまったくわからない、という顔だった。何人くらいの人間がいるのか、と尋ねたときは、自分の指を見て、それを折りながら数えようとしたが、結局、「沢山」としか言わなかった。十人よりも多いのか、二十人よりも多いのか、ときいていくと、いつまでも「多い」と答える。百人よりも多いのかと聞いたところで、こちらも諦めた。それだけの人間が暮らしているとなると、やはり生活を支える産業があるはずだ。富の谷だから、今でもプラチナを産出するのだろうか。資源は枯渇した、と公表されているのは偽りなのか。

バイクのエンジンをかけて、出発する。これまでと同じ順番で進んだ。僕も、運転にはすっかり慣れた。もっと速くでも走れるだろう、と思った。

樹木も草も少なくなり、岩肌が見える荒野が広がって見通しも良く、道も広くなったが、そのかわり石が多く、ごつごつとした悪路の連続だった。しかも登山道のような急な下り坂になった。これまでよりもスピードを落とす必要がある。たしかに、この道では普通のタイヤでは走れないかもしれない。地面から突き出た岩に乗り上げた弾みで、転倒してしまう可能性が高い。しかし、キャタピラはそれらのショックをソフトに吸収してくれる。バイクの重心も低く、安定感はあった。

いよいよ谷に出た。下方が見渡せる場所に至ったのだ。谷の幅は、五百メートルくらいだろうか。向こう側にも、こちらとほぼ同じ高さの土地があって、同じように上り下りする道がジグザグに通っているのが見えた。僕たちがいる側も、そんな絶壁の道があって、そこを下りていくことになる。その道は、すぐ近くまでしか角度的に見えない。それくらい、崖《がけ》の傾斜が急なのだ。

まちがいなく、絶景ではある。しかし、眺めている余裕はない。その谷へ下りていく道を進むことになった。ローリィのバイクの後ろをついていくが、どんどん遅れてしまった。道路は相変わらず凸凹で、転がっている石も多い。また、崖側にはガードレールもないうえ、そちらへ近づくほど傾斜している。運転を誤ると、どこまで落ちていくのかわからない。これではヘルメットどころか、パラシュートが必要なのではないか、と思えるほどだ。なるべく、そちらへは近づかず、岩肌が露出する崖側を擦《こす》るようなコースを進んだが、しばらく下っていくと、急カーブになって、逆向きに進むことになる。ここでは、ほとんど歩いているくらいの速度で方向転換しなければならない。何度か、そんな箇所があった。一度バックして切り返す必要がある場面もあった。

そのジグザグの道をだいぶ下りたところで、ローリィが待っていた。エンジンを止めていて、バイクから降りている。そこは珍しく道の脇に草地があって、その奥に岩がオーバハングしている場所があった。

「あそこにバイクを置いていく」ローリィがそちらを指差した。

どうやら、ここがツーリングの終点のようだ。岩の奥まったところに、バイクを四台並べた。道からは死角になって見えない位置だ。この先は歩いていく、ということだろう。荷物はウグイとアネバネが持ってくれた。ウグイは、僕のリングを外してくれたあと、飲みものをみんなに配った。小さなパックに入っているものだった。ローリィは身軽で、服装もぶかぶかのスーツに靴である。

あとどれくらい下だろう、と道の端まで近づいて覗いてみたけれど、やはり底は見えない。何本かの道が段々になっているところまでだ。谷の深いところは、ちょうど日陰《ひかげ》になって、とても暗い場所に見えた。川があるのもわからないし、もちろん、人家のような人工物は、見える範囲のどこにもなかった。

「あとどれくらい?」僕はローリィに尋ねた。

「あと少し」

「時間で」

「うーん、三十分くらい」

僕たちは、彼のその言葉を信じて、歩きだした。

7

下り坂を歩くのは意外に疲れるものだ。まして、地面が平らではない。足首を捻《ひね》りそうになることが何度もあって、足の運びを一歩一歩注意しなければならない。少し下っただけで、このエクササイズの過酷さが身に染《し》みてわかった。たちまち汗が吹き出て、さきほど飲んだ分はすっかり蒸発してしまった。

それでも、谷の底が近づいてきた。狭いエリアだが、平たい草原に見える。やはり、建物らしきものはない。また、ローリィが言ったとおり、畑もない。人も家畜の姿もなかった。樹はごく背の低いものが疎らにある。両側に高い崖が迫っているので、日照時間が限られているためかもしれない。方角としては、南北の方向に谷間が伸びている。つまり川が北から南へ流れているのだ。僕たちが下りてきた崖は、谷の東側になる。

道の勾配《こうばい》がようやく緩やかになった。最後は、草原の中へ分け入る細い道につながっている。そこを進むと、川に橋がかかっていた。木造の質素なものだったが、ここへ来て初めての人工物である。やはり、人が住んでいるのだ。

その橋を渡ったところで、ローリィが川原へ下りていくので、それに従った。そこで休憩することになった。川は、水が流れている幅は正味十メートルもない。水量は僅かで、橋がなくても横断できるほど浅そうだった。川原は、大小の砂利が敷き詰められている。人工的に造った庭園のようにも見える。

手頃な岩を見つけて、そこに腰掛けることにしたが、腰掛けたのは僕だけだった。ほかの三人は、直立しているのが人間の誇りだ、といった顔だった。

「村は、どこですか?」ウグイがローリィに尋ねた。

「あっちだよ」ローリィが笑って答える。「もうすぐ」

ローリィの説明によれば、この道をずっと行けば、まもなく村の入口になるそうだ。しかし、そちらにはそびえ立つ岩壁しか見えない。

「貴方は、何度かここへ来たことがあるわけ?」ウグイは腕組みをしてきいた。谷間に入ったところで、彼女はサングラスを外していた。

「来た、何度も、何度も」

「何をしに？」

「いらないものを買う」

「いらないもの？　ああ、廃品回収ね」ウグイは頷いた。「でも、重いものを持って帰るのは大変でしょう？　あの道では」

「重いものは大変」ローリィは歯を見せてさらに笑った。

「それじゃあ、どんなものを買うの？」

「うーん、壊れたマシン。小さいマシン」

「マシン？　どんな？」

「わからない」ローリィは首をふる。「チップがついている。チップにゴールドがある」

「電子基板のことかしら……。そんなものが、ここにあるということ？」

「古いマシン、沢山ある」

「これから、誰に会うの？　会う人が決まっていますか？」ウグイが別の質問をした。

「決まっている。みんなには内緒。友達にだけ会う」

ローリィの友達がいるらしい。ほかの村人に知られるのはまずい、だから、エンジン音が喧《やかま》しいものでは近づけない、と言ったようだ。

川原から道へ戻ると思っていたが、そうではなかった。ローリィは川に沿って上流の方へ歩いていく。道からは離れる方向だった。僕たちは、黙って彼についていくしかない。川原は、これまでの道以上に歩きにくかった。

やがて、ローリィは左へ土手を上がり、草の中へ分け入っていく。道があるとは思えないほどだったが、僅かに草が踏まれ、通れる筋が認められた。その中に入ると、もう周囲は草ばかりでなにも見えなくなった。前を歩くローリィの背中を見失わないようについていく。川原よりは、多少歩きやすい地面になったのは幸いだった。

谷の反対側の絶壁が近づいているのがわかった。つまり、西側の岩壁だ。草が少しずつ少なくなり、岩が増えてくる。見上げると、迫力のある光景に圧倒される。ロッククライミングが趣味の人には、やり甲斐を感じるうってつけの場所だろう。

道は、その岩壁に到達した。次は、岩に沿って横へ進むことになった。右へ行くようだ。そこを二十メートルほど進んだところに、大きな岩が突き出ていた。その岩の下へ入り込むように、道が続く。潜《くぐ》り抜《ぬ》けるのだとばかり思っていたが、どんどん下がっていった。後方から光が途絶えて暗くなったところで、少し先に光が見えた。足許はよく見えないが、幸い舗装されたように滑らかな地面だった。

その光は電灯《でんとう》だった。外の光が漏れているように見えたのだが、それくらい明るく輝いていた。こんなところまで電気が来ているのか。あるいは、独自に発電設備を持っているのだろうか。

通路はそこで直角に曲がり、階段になっていた。そこを下りていく。手摺《てす》りがあって、これは金属製だった。年代ものではあるけれど、電灯と同じく、文明を感じさせるもので、多少の安心感が得られる。

少し広い空間に出た。地表からトータルで十メートル以上下りてきただろう。広間といって良いほどのスペースで、ここも照明されていた。

奥に三つ出入口のようなものがある。その中央から、人が現れた。半袖《はんそで》のシャツを着ている。アジア系の男性だった。髪が長く、髭《ひげ》も伸びていたが、服装はごく標準的で、そのまま街を歩いていても不自然ではない。この場所の異様さからは、かけ離れた雰囲気だといえる。

「ローリィじゃないか。何の用かな？　この人たちは？」その男性が口にしたのは、綺麗な発音の英語だった。

「ローリィに案内をしてもらって来ました」ウグイが答える。「私たちは、日本から来ました。日本をご存じですか？」

「日本から？」相手は驚いたようだ。「何のために？」

「科学的な調査です」ウグイが即答する。「こちらの村について、民俗学的な興味を持っています」

「民俗学？　へえ、それはまた……」男性は、そこで口籠《くちご》もる。

「こちらが、ドクタ・ハギリ」ウグイは僕を紹介した。「私は、アシスタントのウグイといいます。あちらにいるのは、スタッフのアネバネです」

「そうですか……」男性は、僕の方へ片手を伸ばした。「私は、リンデムといいます。この村の技師です」

「この村の名は、何というのですか？」僕は尋ねた。富の谷という名称しか聞いていなかったからだ。

「幾つか呼び名がありますが、村の者は、テルグと言いますね。里という意味です」

「ドクタ・ハギリに、村人を見せてほしい」ローリィが横から言った。

「見て、どうされるのですか？　インタビューですか？」リンデムは、眉を寄せ、困った顔になった。「あまり、その……、外部の人たちに対して、良い感情を持っていないのです。私だけが特別なのです。私は仕事の関係で、外との交流が欠かせないので」リンデムは、ローリィの方をちらりと見た。

「わかりました。無理のない範囲でけっこうです」僕はできるだけジェントルな口調で発声し、微笑んだ。

　そこで気づいたのは、なにか土産を持ってくれば良かった、ということだった。生憎《あいにく》手ぶらである。そこで、思いつきだが、相手が喜びそうなことを提案した。

「ご迷惑をかけるようなことはしませんが、それでも、皆さんには余計なことだと思います。ですから、少々のお礼をさせていただくつもりです。何がよろしいでしょうか？　失礼に当たらなければ、お金でお渡しできますが……」

「そうですか」リンデムは頷いた。表情には出なかったが、返事のタイミングから好意的に受け止められたことがわかった。「遠いところからいらっしゃったので、お疲れでしょう。どうぞ……。こちらへご案内いたします」彼はそう言って、三つある右の通路へ僕たちを招き入れた。

8

通路の奥に木製のドアがあって、そこを開けて入ると、カーペットが敷かれた部屋だった。家具が多少レトロではあるけれど、綺麗に整っている。壁には数枚の写真が額に収まって飾られていた。入ってきたのとは別にもう一つドアがあって、ほかの部屋に通じているようだった。天井からは、シャンデリアと呼んでも良さそうな装飾的な照明器具が吊《つ》り下《さ》げられていた。

「しばらくお待ち下さい」と言い、リンデムは奥のドアから出ていった。

僕の横に腰掛けたウグイが顔を近づけ、「どうですか？　判定は」と小声できいた。

「ウォーカロン」僕はそう答えた。リンデムは、ほぼまちがいなく人間ではない。典型的なタイプだといえる。「インド系かな。あの辺りの人に見えるね」

アジア人であることはまちがいないだろう。パリで失踪したウォーカロンたちは、中国のウォーカロン・メーカで生産されたものだという。このメーカは、アメリカの企業と合併したが、内部では明確に分かれているらしい。シェアとしては、アジアのほか、ヨーロッパとアフリカ。一方のアメリカのメーカの方は、南北アメリカを担当しているという。

特別なことではない。ウォーカロンは人間と同じくらい大勢が生きている。世界的に、人権も認められているし、そもそも外見ではまったく区別がつかない。ただ、僕は研究対象として、人間とウォーカロンを識別する手法の開発が専門だ。長年の経験から、測定やデータ処理に頼らなくても、高い確率で見分けることができるようになった。絶対ではないものの、八割以上は測定結果と同じ結論になる。否、もっと当たる。九割近くは当てられるだろう。ただこれは、僕が開発した装置の測定結果が正解だとした場合の話だ。本来、人間かウォーカロンかは、遺伝子で識別して個人を特定するか、あるいは死後の解剖によらなければ明確に識別することはできない。遺伝子情報は、登録されたデータに頼ったものである。ようするに、生きている状態では、百パーセントの正解は得られないのだ。

リンデムは、一分ほどで戻ってきた。彼は、テルグの人々がどんな生活をしているか、説明してくれた。民俗学と聞いたので、そういった方面に僕たちが興味を示すと考えたのだろう。

驚いたことに、この岩の中、つまり地下に全員が住んでいるのだ。外に出ることは、まずない、と彼は語った。

テルグの人口は、現在約二百人で、そのほとんどが、この十年以内に世界中から集まってきた人々だという。この国の人間はおろか、アフリカ出身の者も少ない。最も多いのはアジア人、その次が南米の出身者らしい。リンデムは、その中でも最も若い層になり、たいていの人は歳上。一番の長老はもうすぐ百歳になる。この最年長が、村のリーダで、名前をシンというらしい。

「その人には、会えますか?」僕は尋ねた。

「どうして会いたいのですか?」リンデムは、きき返してきた。

「話を伺いたいと思います」

「そうですか」リンデムは頷いた。「では、あとで、きいてみます」

「会えそうですか?」

「わかりません。ただ、マスコミ関係の取材は一切受けていません。あまり外部に知られたくない、というのが、ここの人たちの共通認識だからです」

「私は、マスコミではありません。ここで調べたことを一般に公開するようなことはありません」

「でも、論文か研究報告として書かれるのではありませんか?」

「そういった場合には、事前に内容に目を通していただきます。ここはまずいといった内容があれば変更しますし、承諾が得られなければ発表はしません」

リンデムは頷いた。納得しただろうか。ドアが開き、老年の女性がトレィを持って入ってきた。飲みものを運んできたのだ。それが、テーブルに並ぶ間も、リンデムは話を続けた。僕は、その老婆の仕草《しぐさ》を見ていた。動きが洗練されていて、無駄がない。視線が、こちらとぶつかることもなかった。カップを並べたあと、僕に微笑んだ。ドアまで歩き、ノブに手をやり、引き開けてから出ていく。いずれの動作も滑らかだった。人間でこれだけのことができるのは、給仕のプロフェッショナルだろう。おそらく、彼女もウォーカロンだ、と判定した。もっとも、話すところを聞かないと断定はできない。

村の産業について尋ねたところ、リンデムは、そういったことは、シン氏にきいてほしい、と答えた。自分は、村の全体のことは把握していない。ほとんど、人と会わずに暮らしている、という。そこで僕は、リンデムはどんな仕事をしているのか、と尋ねた。

「電子機器の修理です」彼は答えた。「故障したものが、私のところへ来ます。悪い部分を探して、パーツを交換する、という仕事です。パーツ交換だけでは済まないような場合は、諦めて廃棄します」彼は、ローリィの方へ視線を向けた。「彼が買ってくれるので、助かっています」

「食料品は、どこで買っているのですか？」僕は次の質問をする。

「どこでも買います」

「それは、ネットを通じて、という意味ですか？」

「ああ、はい。もちろんそうです。店へわざわざ行くことはありません。近くには店など一軒もありませんし」

「配達してもらっているのですね？」

「そうです」

「パーツはどこで買うのですか？」ウグイが質問した。突然彼女がきいたので、リンデムは驚いたようだ。持っていたカップをテーブルに置き、彼女の方へ躰《からだ》を向けた。

「どこから来るのかは知りませんが、届けてもらっています。依頼してから、二日後に届きます。ドローンがここの前に置いていきます。夜に来ることが多い。そう、食料品も同じです。食料は、もっと早く届きますが」

「物資は、そうやって届けられるとしても、この村で生産したものは、どこへどうやって運ぶのでしょうか？」ウグイが尋ねる。

「それは……、私は知らない」リンデムが答えた。「私の場合は、ローリィがいます。彼に渡します。でも、村へ外部の者が来るようなことは、滅多《めった》にない。私は、一度も見たことがありません。今日が初めてです」

ウグイがさきに試したあと、僕は、カップに入っている温かい飲みものを飲んだ。茶のような味だが、香りはジャスミンに似ている。味はほとんどしない。

「村の施設には、どんなものがありますか？」僕は別の質問をした。「たとえば、病院はありますか？」

「ええ、もちろんです。医者が二人います」

「発電所は？　電気はどうしているのですか？」

「この国から買っているのだと思います。私が知る範囲では、村には発電所はありません。送電線は地下を通っています。上水も同じです。かつて、その工事をしたと聞きました」

「ということは、この国に税金を納めているのですね」

「当然です。その上で、電気料金、水道料金を支払っているはずです。個々の家ではなく、村として処理されているので、詳しい数字は、私にはわかりません」

「ああ、では、この村にも税金を納めるのですか？」

「いえ、村としての収益があるので、それで賄《まかな》われているはずです」

「村立の産業がある、ということですか？」

「だと思います」

「そうですか。大方、理解ができました。感謝します。あ、そうそう、学校は?」

「学校はありません。子供がいませんので」

「生まれないのですか?」僕は尋ねた。これがききたかったから、施設の話題を持ち出したのだった。

「はい、生まれません。珍しいことではないと思いますが」リンデムは、首を竦《すく》めるような動作を見せた。まるで、そうするようにプログラムされているみたいに見えてしまうのは、僕の職業病だろう。

リンデムが壁の時計を見た。時間を気にしているように見せたようだ。

「突然お邪魔をして、申し訳ありませんでした。なにか、お仕事の途中だったのですね」僕は言った。ティータイムは、そろそろ終わりかもしれない。「長居をするつもりはありませんので」

「では、シン氏に連絡をしてみます」リンデムは立ち上がった。「そうだ。むこうの部屋から、村の広場が見えますよ。ご覧になりますか?」

「あ、それは興味があります。是非」僕も立ち上がった。

案内されたのは、老婆が出てきたドアではなく、入ってきたドアから出て通路を戻り、別の入口から奥へ進んだ場所だった。

そこは、部屋というよりも通路の一部らしい。ほかの通路はトンネルのように上下左右が岩だが、そこは、左手に小さな窓が二つ開いていた。岩をくり貫《ぬ》いて造ったほぼ正方形の窓だ。ここは地下なのだから、窓があっても外が見られるわけではない。ところが、明るい光がそこから差し込んでいるのだ。

リンデムが、どうぞと手で示したので、僕はその窓から外を覗いた。真っ直ぐ前には、特になにもない。光が当たった別の岩肌らしいものが離れた場所に見えるだけだ。しかし、微《かす》かなざわめきのようなものが聞こえてくる。人の声と、それから音楽だろうか。窓の中に頭を入れると、低いところが見えた。

明るい場所である。しかし、屋外であるはずはない。通りのような場所で、そこを歩く人の姿があった。対面するむこう側の壁にも、同じような小さな窓が幾つも並んでいるのがわかる。また、もう少し低いところには、出入口らしい窪《くぼ》んだ部分も見えた。人々が歩いている地面は、僕が立っているところよりも五メートルくらい低い。通りの幅は十メートルほどあるだろうか。左右に続いているように見えるが、角度的に全部を見渡すことは難しい。少なくとも、広間のような部屋の雰囲気ではなかった。たしかに、表通りみたいに見える。並木がないだけだ。

「何ですか、ここは」頭を引っ込めて、リンデムに尋ねた。

「公共の場所です。この右奥に、村長の家があります。シン氏はそこにいるので、私は、今から彼に会ってきます。ドクタ・ハギリに会うかどうか、きいてきます。しばらく、ここで待っていてもらえますか」

「わかりました。よろしくお願いします」僕は頭を下げた。

9

窓に首を入れて、通りを観察した。歩いている人からは、高さと明るさの差のため、こちらは見えないだろう。ウグイとアネバネは、代わる代わる、隣の窓から見ているようだった。ローリィは覗こうとしない。知っている光景なのだろうか。

歩いている人は疎らではあるけれど、それでも絶え間なく行き来をしている。話をしている声も聞こえる。ここがこの村のメインストリートなのかもしれない。リンデムの家からも、下のフロアから通りに出られるようになっているのではないか。

通りが明るいのは、照明されているのではなく、上部に穴が開いているか、あるいは太陽光を導いているためだと思われた。これは、アネバネが光のスペクトルを分析した結果から判明したことだ。そのとおりならば、屋外が夜になれば、ここも夜になって、街灯などが必要になるだろう。

「リンデムには、家族がいるのかな?」横に立っているローリィにきいてみた。

「家族？　家族はない」ローリィは答える。「リンデム、一人」

「さっき、お茶を持ってきた女性は？」

「知らない」ローリィは首をふった。「リンデムの家の中に入ったの、私、初めてのことだよ」

「ああ、そうなのか。いつもは、外で話をするんだね？」

「そう。いつも、橋の手前で会う」

「重い荷物を運ぶのは、ドローンを使ったら良いと思うけれど」

「もったいない。高いよ」

「まあ、そうかもしれないけれど……。ローリィは、この村の人を、リンデム以外には、誰も知らない？」

「知らない」

「何故、気づかれたらいけないと考えたのかな？　バイクを途中で置いてきたりしたのは、どうして？」

「うーん、ここ、秘密の場所だ」

「だから？」

「みんな、見つかりたくない。隠れているんだ」

「地下にいるからね」

「街へ出てくることもない。ずっと、ここにいる。他所《よそ》の者を入れない」

「そこまで排他的には見えなかったけれどね」僕は言った。ウグイがこちらを見ていて、無言で頷いている。

ローリィは、言葉の意味がわからなかったのか、なにも言わなかった。

ウグイがこちらへ来て、僕に尋ねた。

「村長に会って、そのあとはどうされますか？」

「どうするって、帰るしかないんじゃない？　日が暮れてしまう」

「そうですね」

「何か言いたいことが？」

「いえ、確認をしただけです。日没までには、まだ二時間十八分ほどあります」

予定変更を心配しているのだろう。たいていの場合、僕が原因だから。

「それにしても、不思議だなぁ」僕は呟いた。「いったい、この村は何を生産しているのだろう。食料や生活物資を購入する費用は、どこから出ているのかな」

「どこか別のところから援助を受けている、ということではないでしょうか」ウグイが言った。「警察が、ここは治外法権みたいなものだと話していたのも気になります」

「この広大な土地を所有しているとは思えない。国道からずいぶんあったからね。税金を納めているようだけれど、もっとなにか、この国に利益をもたらすようなことでもないかぎり、こうはならないんじゃないかな」

「そうですね」ウグイは頷いた。「でも、それを調べることは、今回の目的ではありません。ウォーカロンがいること、その写真をできるだけ多く撮影すること。それで充分です」

「うん、わかったわかった」

第2章　生きている卵　Living spawn

その世界には平和と進歩しか見られないようだった。わたしたちの目の前で、世代がつぎつぎと交代していった。と、狂ったような動揺が生じた。小さな人々が右往左往をはじめ、生活のテンポが一変した。淡い緑の光が、いまではその惑星に降りかかっていた。まっしぐらに向かってくる怪物じみた彗星の不吉な輝きなのだ。

1

十分ほどして、リンデムが戻ってきた。彼は、シン村長が僕たちに会うと言った、と伝えた。ただ、ローリィのように笑ってはいない。難しい顔をしたままだった。

「なにか、条件がありますか？」念のために確認をしたが、

「いいえ、私は聞いていません」とリンデムは首をふった。

彼の案内で、まず通路の奥へ歩き、階段を下りた。ドアを一つ開けて、さらに進むと、今まで窓から眺めていた通りに出ることができた。周囲にいる人々が、こちらを見ている。向かい側の窓の奥にも顔があった。余所者《よそもの》が来たことがわかったのだ。睨むような視

線を感じたものの、騒ぎ立てるような人はいない。

その通りを右手へ、つまり奥へと歩く。反対方向はすぐに突き当たりで、壁にレリーフのように柱が彫られていた。あのむこうは、外の岩壁になるのではないか。ちょうど、そんな距離である。進んでいる方向には、五十メートルほどの奥行きがあって、突き当たりには、寺院のような構造物が見えた。それも壁に彫られたレリーフのようだ。

途中に交差点があった。左右に規模の小さい通りが伸びていて、両側に窓や入口がある。共通しているのは、明るい天井だ。見上げると眩しいほどだった。やはり、外の光をファイバで導いているのだろう。

あっという間に、突き当たりの建物の前に到着した。入口の両側に花壇があった。それはナチュラルの花なのかどうかはわからない。ステップを二段上がって、大きな扉をリンデムが開けてくれた。

入ったところは吹抜けのホールだったが、それほど広いわけでもない。個人の住宅といえる規模だ。左手に階段があって、二階へ通じている。天井が低い一階の奥には長椅子《ながいす》が並んだスペースがあり、待合室なのか集会室なのか、二十人くらいが集まることができる部屋のようだった。

「どうぞ、こちらへ」と上から声が聞こえた。

白いスーツを着た老人が、手摺り越しにこちらを見ている。どうやら、村長のシンという人物らしい。リンデムは、自分はここで、と頭を下げ、玄関から外へ出ていった。役目は終わったといった表情だった。また、ローリィも彼と一緒に行ってしまった。仕事の話でもあるのだろうか。

僕とウグイとアネバネは、階段を上がっていく。二階の部屋は、ドアもなく、デスクと応接セットがあるシンプルな内装だった。壁は吹抜け以外の三面が書棚で、装飾的なものはない。窓がないという点だけが、ここが地下だということを思い出させる。

シンは、長身の老人で、姿勢も良く、スポーツマンに見えた。百歳と聞いたが、当然なんらかの治療を受けている結果だろう。ただ、顔には皺《しわ》が多く、髭もほとんど白かった。アラブ系の風貌《ふうぼう》に、僕には見えた。

握手をして、名乗り合ったあと、僕たちはソファに腰を下ろした。

「どんな調査をされるのでしょうか?」シンは綺麗な英語で話した。

「この村がどんな社会なのか、理解をしたいと思います。こういった、小さな集団は世界中の至るところにあって、それぞれに独特の文化を持っています。そういったところと情報交換ができれば、それが私の研究になります。つまり、今日は調査をするというよりも、今後連絡ができるルートを確立したい、と考えております。そのためのご挨拶《あいさつ》です」

「でしたら、わざわざいらっしゃらなくても……」シンはそう言いながら笑った。「いや、そうでもない。やはり、お互いに相手の顔を見て、こうして握手をすることに、意味があります」

「はい、私もそう考えています」僕も微笑み、頷いた。こういったときには、自分は人間ではない方が楽だ、と思ってしまう。

「私に直接、ご連絡をいただいても良いし、さきほどのリンデムでもけっこうです。世界はいつも、どこでもオンラインなのではありませんか？」

「そう言っていただけると大変嬉しく感じます。ただ、この村は、広く公開されていないように見えます。検索しても、それらしい窓口は見つかりません」

「必要ないからです。しかし、それでも、人口は増えています。来る者は拒みません。世界中から、ここへ移ってくるのですよ」

「いつ頃から、この村が存在するのでしょうか？」

「村と呼べるようになったのは、十年ほどまえのことです。それ以前にも十数人が、ここに住んでおりました。私もそのうちの一人でした。その十数人は、二十年ほどまえに、ここへ移り住んだのです」

「どうして、この地を選ばれたのでしょうか？」

「詳しくは話せませんが、簡単にいえば、誘致がありました」

「誘致？　というと、この国がですか？　では、なにか事業を行っている、ということですね？」

「そういうことです」

「こちらへ来て、私が一番不思議に思ったのは、ここの産業が何であるか、ということでした。何を生産しているのでしょうか?」

「そうですね。簡単に言ってしまえば、ソフト開発です」

「ああ、なるほど……」意表を突かれたので、僕はかなり驚いた。しかし、たしかにそれならば、商品は物体ではないので、運び出す必要がない。「すると、村の人の多くは、その方面の仕事に就いているのですね?」

「そうです」シンは頷いた。

「それが、この国の利益にもなる。だから、ここの独立を保障している……」

「そのとおりです」

「それは、また、理想的なというか、羨ましい環境です」僕は、社交辞令を述べた。「しかし、その環境が実現できるのは、そもそも高いレベルの技術を持っていたからでしょう。そういった人材を世界から集めたのですか?」

「自然に集まりましたね」シンは、笑みを浮かべる。「文字どおり、ここは富の谷になったというわけです」

「今お聞きした話は、秘密でしょうか?　公開はできませんか?」

「知っている者は多いと思います。ただ、この場所にあることは誰も知りません。その点は注意をして下さい。場所が特定されることは、私たちの不利益になる可能性がありますので」

「そうですか。わかりました。どの国なのかも秘密なのですね？」

「そうです。どの大陸かも明かしたくありません」

「承知しました。私たちを信じて打ち明けて下さったのですね。感謝をいたします」

「ドクタ・ハギリ、私が貴方にお会いして、こちらの情報を明かしたのは、私も貴方に興味を抱いたからです」

「えっと、それはどういう意味でしょうか？」

「ウォーカロンの識別装置を開発されましたね。この国にはまだ一台もありませんが」

「ご存じだったのですか。恐縮です」

「民俗学がご専門ではありませんね？」

「工学が専門ですが、ウォーカロンの識別は、民俗学の見地に立ったテーマです。長く研究をしていると、しだいに研究のエリアがシフトするものです」

「なるほど……」シンは頷いた。しかし、目は僕を捉えたまま、見据えているように冷たかった。「この村の住人は、ほぼ例外なくウォーカロンです。例外は一人だけです」

「貴方ですね？」

「さよう……」彼は頷く。「さすがの眼力とお見受けしました。やはり、見てわかるものですか？　私にはまったくわかりませんが」

「ある程度の確率で判別できる、というだけです。ところで、おききしたいのですが、何故、ご自分だけがウォーカロンではない、とわかるのですか？　村人全員が、自分たちの生い立ちを語っているのでしょうか？」

「ええ、それに近い状況です」

「では、村の人たちは、村長が人間だということを、知っていますか？」

「知っています」

「でも、それを証明することはできないのでは？」

「できませんね。ただ、そんな嘘をついてもしかたがない。嘘をつく理由がない。したがって、言ったとおりのことを信じます。この村では、嘘をつくような機会がないのです」

「そうですか。それはまた羨ましい。あの、ウォーカロンでなければ、ここにスカウトされることはないのですか？」

　それを聞いて、シンは声を上げて笑った。ジョークだと思われたのかもしれない。彼は、僕の質問には答えなかった。問題外だという意味だろう。つまり、人間やウォーカロンを区別しているわけではない、と僕は勝手に受け取った。

「もし、ここの仕事にご興味があるのでしたら、作業の現場へご案内いたします。しかし、今日はもうそろそろ終業の時間。明日はいかがですか？」

「明日も、大丈夫です。明後日は予定がありますが」

「今夜のご予定は？」

「いえ、特にありませんが……」

「では、夕食をご一緒にいかがでしょうか？」

「それは、光栄です。突然伺ったのに、よろしいのでしょうか？」

「私は、なにも仕事をしておりません。この村では一番の怠け者なのです」シンは、また声を上げて笑った。

2

村長がいた建物の隣に、ゲスト用の部屋があると、案内された。ここにゲストが頻繁《ひんぱん》に訪れるとは思えないが、入ってみると、たしかにそれらしい部屋だった。つまり、ホテルのように特徴のない、嫌味のないシンプルな内装で、リビングルームのほかに寝室が三つあった。これは好都合だ、と僕は思った。

しかし、ウグイは怒っている。睨まれた。言葉を発しないものの視線に感情が籠もって伝わってくる。勝手に夕食の誘いを承諾してしまったことに関してだろう。それに、「まさか、今夜はここに宿泊しようなんておっしゃらないでしょうね?」と言いたそうだった。

もしそう言われたら、どう答えようか……、たとえば、「世の中には不可抗力というものが常にある。逐一《ちくいち》それに対応していくのが人生だ」など、何パターンか考えたものの、どれも彼女をますます怒らせる結果になることは必至だと予想できた。

ローリィはどうしたのか気になったが、わざわざリンデムの家まで行って尋ねるのもどうか、と思った。考えてみれば、彼の役目は既に終了しているのだ。もしかして、一人で街へ帰ったのではないか。そんな話もウグイとしたかったのだが、なんでもない話題をもちかけても、口をきいてくれない。しばらく、会話は無理だ。ウグイもアネバネになった、と思うしかない。

夕食の時間まで、一時間ほど休む、ということでこの部屋に入ったわけだが、まったく気が休まらない。僕はリビングのソファに座ったが、ウグイがすぐ目の前の壁にもたれて立っている。腕組みをして、じっとこちらを睨んでいるのだ。アネバネは、どこかへ出ていってしまった。外の通りを歩いても良い、という許可を得ていたので、たぶん、その辺りを散歩しているのだろう。散歩ではなくパトロールであるが、やっていることは同じだ。

「怒っているね?」この局面をなんとか打開したいと思って、再び話をもちかけた。

「はい」ウグイは小さく頷く。

「言いたいことがあったら、聞くけれど」

「言いたいことは、事前に申し上げました。問題は、言っても先生にはきいてもらえない、ということです」

「うん。いや、充分に理解はしているんだけれど、しかし、なんというか、好奇心が勝ったというか……」

「誘惑に負けたということですね?」

「誘惑という言葉は、ちょっと違うように思うけれど」

「任務は遂行したと判断できます。ここの存在も、成立ちも、またここにいる人たちも、ほぼ把握ができました。サンプルの写真も撮りました。あとは、戻ってデータを解析するだけです」ウグイは、僕の近くまで来て、顔を近づける。小声で囁くように続けた。「アジア系のウォーカロンがいることがわかりました。ウィザードリィ、あるいはフスが生産したウォーカロンで、博覧会から脱走したメンバである確率が高いと思います。これは、今回の任務の充分な成果です」

「そうか、アネバネは、写真を撮りにいっているのか」

「そうです」

「それで?」

「もう、帰りましょう。明後日の研究機関訪問をキャンセルしても良いと思われます」

「そんなことはできないよ。予定の訪問だ。約束をしたんだから」

「私も、先生とお約束をしました。少なくとも、私はそう認識しています。違いますか？」

「いや……」僕は首をふった。

「予定を変更されたのは、どなたですか？」

「誘導尋問みたいだ。そういうのも、情報局の必須《ひっす》科目にあるのかな」

「はい。レベルが低くて申し訳ありません」

「でもさ、ちょっと考えてみてごらん。もっと多くの情報が得られるんだ。ここは、まだなにか重要なことを隠しているように思う。そうでなくても、ここと緊密な関係を持つことは、将来的に有益だと思える。なんか、そういう感じがする」

「感じがする」ウグイが言葉を繰り返した。

「しょうがない。論理的ではないが、研究者としての勘みたいなものだよ」

「みたいなものではなく、単なる勘ではないでしょうか？」

「そうやって揚げ足を取らなくてもさ……」

「それに、研究上有益であるというのは、先生の個人的なお立場でのことです。私たちは、研究のためにここに来たのではありません」

「公私混同だと？」

「はい」

「いや、そうでもない。僕は研究をするために、情報局に雇われているんだから」

「とにかく……」そこで、ウグイはふっと息を吐《は》いた。「なにごともなければ、よろしいのですが……」

「けっこう警戒して、悲観的な予測を抱いてきたからね。でも、思ったよりもずっと友好的だった。ウォーカロンなんだから、善良な精神を持っている人たちばかりなんじゃないかな。そう考えよう」

「それは、危険側です」ウグイは首を横にふった。「それに、村長は人間なのでは？」

「うん、私もそう判断した」

「そうですか。では、嘘ではないということですね。しかし、ほかに人間が一人もいないというのは、本当かどうかわかりません。ここにはいなくても、外部から操っている可能性もあります」

「そうだね。悪いことを考えるのは、みんな人間だからね」

「国が認めている仕事のようですから、悪事ではないと思いますが」

「たとえば、どんな想像をしていたの？」

「違法な薬物の精製などです」

「ああ、なるほどね……。そういったことも、調査の目的だったわけ？」

「いえ、管轄外です」

「だよね……」僕は頷いた。「そもそも、何故、ウォーカロンたちは脱走したのだろう？それについては、なにか新しい情報はない？」

「はい、私は聞いていません」

「脱走と表現されているのも、いかにもオーバだしね」僕は言った。「たしかに、商品ではあるけれど、生きているんだし、人権も認められている。自由意思で移動をしたというだけかもしれないじゃないか」

「商品であるうちは、そういった権利は制限されます。勝手な行動は、契約違反になります」

「メーカとしては損害になるのは、確かだけれど……。なんというのか、生きている人間を生産している、という状況がそもそも不合理なんだ。つまり、歴史的に成熟してきたルールから逸脱している。だから、法的に捩《ね》じれたことになってしまう」

「はい、私もそう思います」ウグイは頷いた。さきほどの憤りは少し収まったように見える。

「生きていても、意思が確認できない動物だったら問題にはならない。やはり、人間に近いことが歪みを生む。いくら安定した思考や道徳を身につけていても、自由というものに憧《あこが》れるのは、自然の欲求というのか、言ってみれば、当然の成り行きなんじゃないか。私はそう思うけれど」

「自由への欲求が生まれるのは、どうしてでしょうか？」

「え？　うーん、哲学的な質問だね。それは、たぶん、生きていることが、その状況のベースにあると思う」

「生きていることが、ですか？」

「いや、しかし、何をもって生きているというのか、そこがまだ曖昧《あいまい》だ。むしろ逆かもしれない。自由を志向することが、現代では、生きていると表現される状況かもしれない」

「勝手気ままに振る舞おうとする、という意味で、先生は自由とおっしゃっているのですか？」

「気ままというよりは、気まぐれといった方が良い」僕は答えた。「つまり、単純な化学的、物理的反応よりも揺らいでいる」

「揺らいでいる？　あ、そういえば、ローリィは、どうしてあんなふうに自分のことを言うのでしょう？」

「そうそう、そうやって思いつくよね。それが生きている証拠」ローリィは自分は生きていない、と話していた。その理由というのは僕にもわからないが、気になるところではある。「なにか、吹き込まれたんじゃないかな。そう思い込まされているみたいな感じがした。自分は生きていない、つまりロボットかなにかだと信じているのだろうか。だけど、逆に見れば、普通の人間たちは、自分たちが生きていると信じ込まされてきた。そういった教育を受けるし、古来あらゆる宗教もそう解釈してきた。命というものが存在する、とね。数百年まえまでは、命という物体があると信じられていたくらいだ。人が死ぬときに質量変化があるかどうかを測定した実験も行われた。魂が抜けると、その分だけ軽くなるだろうから、科学者たちは、命の重さを測れるんじゃないかって考えたわけだ。それから、無機の分子を集めて、そこに放電したりして、タンパク質を作ろうとした。無から有を生み出そうと試みた。どのようにして生命体がこの世に生まれたのかを再現しようとしたんだ。今でも、世界のどこかでやっているかもしれない。ただ、もう、そんな必要がなくなったというだけだ。あまりに確率も効率も低いし、成功したところで実証できるものはほんの僅かだ。今の考え方は、実在するものの確率から逆算して、どれくらいの試行錯誤を自然が繰り返したのか、というシミュレーション結果に依存している。未来は見通せないけれど、過去はある程度は計算できるからね」

ウグイは、無言で頷いた。機嫌が直ったようで、僕はほっとした。ローリィについての僕の推測は、彼が自分をウォーカロンだと勘違いしている、ということではないか、というものだった。この富の谷へ来て、リンデムとつき合っているからそうなったのではないか。あるいは、彼が記憶障害かなにかを患って、自分の生い立ちを思い出せない、というようなことがあるのかもしれない。人間というのは、自分という存在を、過去や先祖に立脚してイメージするものだ。生命というものの価値も、少なからずそういった思想に基づいているだろう。

しかし、現代は、自分たちの子孫が生まれない社会になりつつある。このジレンマに世界中が取り憑《つ》かれていることはまちがいない。従来の宗教は説得力を失いつつあるし、また、社会の成立ちもあらゆる方面で動揺している。皆が冷静にならなければならない、と自分に言い聞かせてはいるのだが、そんな秩序がいつまで持《も》ち堪《こた》えられるだろう。当然ながら、心のどこかで、この問題はいずれ解決する、科学者たちが知恵を絞っているのだから、乗り越えられるはずだ、それまで生き延びることは難しくない、と考えている人が大半だろう。

僕自身は、もともとそういった方面にあまり関心がなかった。人類がどうなろうと知ったことではない、と考えていた。自分がいつまで生きられるかはわからないが、生きているうちは、知的好奇心を満たしつつ楽しく過ごしたいものだ、と思っていただけだ。自分の研究が世界を救うなんてことは発想もしない。ただ、多少なりとも役に立つことになれば幸運だ、といった程度だった。

だが、現在の僕が抱《かか》えている最新の研究テーマは、かなり大きなもののように感じている。それは、ウォーカロンが人間になるプロセスの解明に近い。もしこの問題が解決されるときが来るとしたら、それは、本当の人間を作り出す手法が確立されることに等しい。あるいはそれは、まさに無から有を生み出す錬金術のようなものといえるだろう。もちろん、金を作り出すことは科学的に可能になった。ダイヤだってなんだってすべて人工的に生成することができる。ただ、それを生み出すためにエネルギィがかかりすぎて、元が取れないだけだ。

人間と区別がつかないウォーカロンは既に実現している。しかし、まったく同じだとはいえない。まだ僅かな違いがある。それがいずれはまったく同じものになるわけだ。そうなったとき、下世話な話かもしれないが、人を生み出すコストが問題になるだろう。そうなるまでに、生殖の問題が解決されていれば、それに比較してあまりに高い、という話にきっとなる。けれども、問題の解決が遅れることになれば、高コストのその手法が採用されるかもしれない。

どうだろう。今はどちらが早いか、僕には予想もつかない。いずれも、あと何十年も時間がかかりそうだ、くらいの実感しかない。

3

食事会は、村長の部屋で行われた。なんのことはない、さきほど話をしたのと同じ部屋だ。階段を上がっていくと、テーブルに皿やフォークなどが並べられていた。僕たち三人は、同じ位置に腰掛ける。シンは僕の対面だ。ほかには誰もいなかったが、トレィを持った中年の女性が階段を上ってきた。グラスやワインのボトルがのっていた。

まず、それで乾杯をした。ウグイがさきに飲み、僕も口をつけた。ワインのボトルというだけで、中身は単なるジュースのようだ。甘さもあまりなくライトだった。

「申し訳ありません。この村にはアルコールがありません」シンは言った。

「いえ、全然かまいません」僕は答える。今時は、アルコールを飲まない人間の方が多数だろう。「ウォーカロンが多ければ、その方が自然でしょうね」

「それは、どうしてですか？」シンが尋ねた。

「あ、他意はありません。お気を悪くされたのなら謝ります」

「いえ、そうではありません。ドクタが、どうしてそう思われたのか、純粋に興味があります」

「うーん、つまり、アルコールを飲むことで精神の安定を得ようという傾向は、人間の不完全さに起因するもののように感じるからです。科学的な意見ではありません。科学的な分析はされていると思いますが、残念ながら知りません」

「その不完全さがウォーカロンにはない、とおっしゃりたいのですね？」

「そうですね。それも、単なる印象です。まったくない、つまり完全である、と思っているわけではありませんが……、そうですね、ポスト・インストールによる修正によって、精神的な欠陥は、ある程度は塞《ふさ》がれるのではないでしょうか？」

「私も、実はそう考えておりました」シンは頷く。

「というと、違うのですか？」思わず尋ねてしまった。

二人が階段を上ってきた。一人はさきほどと同じ女性。もう一人は年配の男性だった。二人ともトレィを両手に持っている。テーブルにオードブルやスープなどを並べ、一礼してまた階段を下りていった。一言も話さなかった。僕たちも、彼らが作業をしている間は黙っていた。

時刻は、午後七時を過ぎている。屋外はそろそろ日が暮れただろうか。谷間の底なので、暗くなるのは早いのではないか。そこで僕は、この村の人々が空を見ないで生活をしていることを思い出した。屋外では、人の姿は見かけなかったし、畑もなく、また、洗濯物なども見当たらない。人が使うもの、人が造ったものが、外にはなにもなかった。生活のすべてが地下にあるということだろう。ファイバで太陽光を導いているとはいえ、普通ならば窮屈に感じるところだ。

さきほど、生きているとは自由であることだ、という話をウグイとした。ここの村人たちは、僕には不自由だと感じられる。僕の研究室も、ニュークリアの地下深くにある。僕は、自然を愛好する人間ではないけれど、それでもときどき外の風に当たりたいと思うのだ。

「ウォーカロンは、我々が考えているほど完全なものではありません」シンは、僕の質問に答えた。「異常な精神の者が除外されている。また、自己中心的で偏屈な性格は、ええ、おっしゃるとおり、矯正されています。ただ、それだけのことです。基本的には、人間と同じように、さまざまな精神が存在している。悩みますし、調子に乗ることもある。嫉妬《しっと》も妬《ねた》みもあります。それでも、ウォーカロンとして社会で生きていかねばなりません。人間になれるわけではない。そのストレスというのは、人間には想像もできないほど大きいかもしれません。かつて、奴隷のような立場の人間が、世界中に存在しましたが、生まれながらにして、自分たちは違っているのだ、という自己認識を持っていたという意味では、境遇は類似していると思います」

「なにか、具体的にトラブルがあったのでしょうか?」僕は尋ねた。頭の中には、博覧会から脱走したウォーカロンのことがあった。

「こういう立場にいると、いろいろな相談を受けます。村長というよりは、教会の神父のような立場ですよ」

「それは、おそらく信望ということでしょう」

「年齢はもちろんあるかもしれませんが、私だけが人間だからですよ。こういったときには人間はどう考えるのか、ということを彼らはいつも知りたがる。自分たちに欠けているものを人間は持っている、それを見つけたい、と思っている。人間に憧れ、人間のようになりたいと願っている」

「なるほど」僕は頷いた。

「子供のようなものです。子供は、大人になりたがるでしょう？」

「いえ……、子供というのがどういうものか、あまりよく理解していないので、ピンと来ませんが……」

「ああ、そうか、そういう世代になるのですね。私は、まだ子供が大勢いた時代を生きてきましたから、今のウォーカロンたちは、人間の子供に似ていると常々感じます。人間の子供だったら、親に愛され、大人たちからも大事にされるでしょう。しかし、ウォーカロンの甘えを受け止める人間はいません。いますか？　まあ、個人的にそういう人がいる場合は、けっこうなことだと思いますが、普通はそうはいかない。彼らは孤独な子供といえるのです」

「そういえば、職場で、ウォーカロンの職員から個人的な相談を受けたことがありますね。そう、たしかに、うん、そんな感じでした、今にして思えばですが……」

「まだ、子供の場合は、いずれ自分は大人になれる、と本能的にわかっている。それが大前提です。ところが、ウォーカロンはそうではない。自分たちはずっとこのままだ、と諦めている。それどころか、自分たちは、はたして生き物なのか、とも疑っている。これは、相当に根深いもののように思います」

「生き物なのか？　生きているのか、ということですか？　それは……、生きているにきまっているのではないでしょうか。そう教育されていると認識していましたが」

「そう教育されるそうです」シンは頷いた。「しかし、教育されたからこそ、そこを疑ってしまうでしょう。それだけの知性を彼らは持っている。人間でも同じですよね。それが正しいと思わされている、と疑う知性がある。自分の頭の中は、自分では確かめられません。躰だってそうです。本当に自分は生き物なのだろうか、と疑いを抱くのは、ごく自然のことだと私は思いますね」

「そう言われてみれば、そうかもしれません。うーん、では、人間たちは、どうして自分たちを疑わないのでしょう？　人間だって、同じではありませんか」

「それは、簡単です。血のつながった者が近くにいるからです」シンは答える。「子供のときに母親に育てられている。父親もいる。兄弟がいる場合もある。その環境が違います」

これは、実は自分も考えたことがあった。だから、その答を僕は知っていたのだ。人間も同じではないか、というのは、それさえも踏まえての疑問だった。すなわち、母も父もすべて作り物かもしれない、家族も設定された舞台として存在しているバーチャルではないのか、と疑うだけの知性を人間は持っているはずだ。

次の料理が運ばれてきた。話に夢中になってスープをまだ飲んでいなかった僕は、慌てて少し冷めてしまったそれを飲むことになった。新しく並べられたのはメインディッシュで、ステーキのようだった。ナチュラルのものではないだろう。しかし、もちろん不満は微塵《みじん》もない。料理は標準的で好ましいものだ、と感じていた。料理に対して不満を持つなんてことは、少なくとも僕には縁遠いことといえる。腹が満たされれば良い、というのが食事の目的だと認識しているからだ。

しばらく料理を食べることで、会話が途切れた。ウグイもアネバネも大人しい。ほとんど口をきいていない。僕は、シンが話したテーマについては、今は考えてもしかたがない、という立場だった。考えればきりがないからだ。これまでの人生で、それは何度も議論をし、何度も自分の中でも意見を変えた。けれど、そういった意見や方針を行動に移すようなことは一切してこなかった。どう考えても良い問題であって、そのことで社会や他者に働きかけるような行為は控《ひか》えるべきだろう、ということが理解されただけだったからだ。

やはりこれは、工学的な考えかもしれない。僕は、科学者であるまえにエンジニアなのだ。理念を打ち立てるほど、言葉だけの理屈を信じていない。ただ、問題を地道に解決し、障害を取り除くことで、少しずつ生きやすくなれば良い、というのが基本にある。正解値が得られないならば、近似値《きんじち》で良い。誤差が小さくなる方向へ進めば、それは進歩なのだ。

みんなの意見を統一しようなんて、端《はな》から諦めているのかもしれない。どうして、そこまで消極的なのか、よくわからないけれど、これが自分のやり方なのだろう、と直感している、といえる。これ自体が近似値だ。

そのあと、シンと僕の話題は、この村のことへ移った。

そもそも、ここの岩をくり貫いて、地下都市を造ったのは誰なのか。それは、今住んでいる者ではない。ずっと以前に、核戦争に備えて造られたシェルタだった。つまり、建設したのは、国家あるいは軍隊だったらしい。したがって、長くその存在は表に出なかった。

その後、国の情報機関がこのスペースを利用することになった。このとき、今も使われているライフラインをはじめとする設備が整えられた。四十年ほどまえのことだという。しかし、世界の軍事的な情勢が変わり、また、そういった情報活動の多くは人間を必要としなくなった。そうなると、この場所である必要もない。経費がかかることもあって、多くの備品を残したまま、ここは廃墟《はいきょ》同然となってしまった。

それを、ある資産家が買い取ることになった。理由は、単に個人的なもの、酔狂だったのではないか、とシンは語った。そして、その資産家が所有していた企業の一つが、このスペースを利用するようになり、最新の設備が持ち込まれることになった。現在の環境が整ったのはこの時期で、およそ三十年ほどまえのことだという。

その企業は、今は存在しない。この土地は競売に出され、複数の出資者によって安価に落札された。そこで、設備を活《い》かして、ソフト開発のベンチャ企業が多数参加するプロジェクトが持ち上がり、人々が再び集まってきた。それが、現在の村の始まりだという。

「ですから、初めは、人間もウォーカロンも同じくらいいたのです」シンは説明する。「私がここに来たときでも、人間はまだ数十人いました。けれども、だんだん減っていった。減っていくのが数字として明らかになっている理由は、ここでは人間もウォーカロンも差別をしない、ということが前提だったので、最初から身許を明かして登録されていたためです。そのうちに、ウォーカロンが多数になった。類は友を呼ぶというのか、何故そうなったのか、私もわかりませんが、とにかく、気がついたら、人間は私だけになっていた、というわけです」

「ウォーカロンにとって、居心地が良いということですね」

「人間にとっても、居心地が悪いとは思いませんけれどね」シンは息を吐いた。苦笑した、といったところだろうか。「私は、ここが好きです。この隔離された雰囲気が、私には合っている。私の人生の後半は、世界中を転々とする時間だった。旅をしていると言っても良いほど、一所《ひとところ》に長く留まらなかったのです。それが自分に合っていると思っていました。でも、ここへ来て、それがあっさりと覆《くつがえ》った」

「村人の移動は、どうですか？　入ってくる人、出ていく人は？」

「出入りは滅多にありません。もちろん、自由意思で、来ることも出ていくことも自由ですが、少なくとも来た者は、ここにいます、と皆が言います。誰一人去ろうとはしません。ですから、生きているかぎりは、ここにいます。まだ、十年やそこらの歴史しかないので、どうなるかわかりませんけれどね。ときどき、新しい人が入ってきます。そうですね、今は一年に三人くらいでしょうか？」

「ここで亡くなった人は？」

「はい、もちろん、何人か」

「それは、延命の処置をしていない、ということですね？」

「そのとおりです。それも、ここの特徴の一つかもしれません。ウォーカロンだから、ということもあります。彼らは、人間以上に、人工的なものを嫌う傾向にあります。生命に対する執着がない、と見ることもできます。私は、人間ですから、ときどき新しい細胞を入れている。そのときには、遠くの病院へ行かなければなりません。ここではその処理はできませんからね」

「生命に対する執着がない、というのは、やはりそうなのですか？　噂として聞いたことはありますが……」僕は、少し驚いたので、その点を質問した。

「ええ、私にはそう見えます」

「自殺者が多いのですか?」

「いえ、そんなことはありません。その種の要因は、ある程度操作されて、彼らは作られているように感じます。それでも、これもやはり、親や家族がいないということに関係しているのではないでしょうか、長生きをしようとしないのは」

「そうなんですね……。いや、まだ、歴史がそこまで経過していないだけだ、と私は考えていましたが、既にそんな兆候が見られるというわけですか」

「具体的なデータとして明らかになるのは、これからでしょう。ウォーカロン・メーカにしてみれば、これは願ってもないことかもしれません」

「ああ、なるほど。つまり、新しいものが売れるからですね。うーん、それは……」

「不謹慎な言い方になりますが、あるいは、そういった思想がインストールされているのではないか、と疑う人も当然いることでしょう。実際には、それはありえないと思います。というよりも、そんな思想を植えつけることは不可能だと私は考えますが……、どう思われますか?」

「私には、なんとも言えません。本人たちが意識しているかどうかに関わりなく、潜在的に織り込むことは、不可能ではないように思えます。なんというんでしょうか、そう、催眠術のようなものとして、ある程度の効果が得られる処理は、手法として存在するかもしれません」

「そうですか。しかし、それは……、結局、もともと多くの人間が持っていた意識ではありませんか?」シンは言った。

この発言には驚いた。鋭い洞察だ。この人物は明晰《めいせき》な頭脳の持ち主だ、と僕は評価をした。

そのとおりだと僕も気づく。人間も、もともとは、人工細胞を躰に入れるなんて人間性を冒瀆《ぼうとく》する行為だ、と考えた。それが自然だった。そうまでして長生きしたくない、と大勢が発言し、そのとおり、この医療技術は初期の頃、社会的理解を得られなかったのだ。それが、いつの間にか受け入れられた。価値観がゆっくりとシフトした。その主な原因は、次の世代に託すことができない、子孫がいないことによる影響だっただろう、と分析されている。

ウォーカロンには、まだそこまでの歴史がない、というのは事実だ。また、そもそも親がいないので、子孫に自分たちが築いた文化を引き継いでもらうといった意識も生まれないだろう。

なによりも、人間だって、現代人は過去の人間に比べて、生命に対する執着が希薄になっているのは確かだろう。延命することに資金をつぎ込んではいるものの、いざ長い人生を手に入れると、死への恐怖から遠ざかった分だけ、生きているという感覚からも離れてしまうように観察される。客観的な比較が難しいため、一般的な傾向としてはっきりとしたことはいえないけれど、僕自身も、それは大いに感じているところだった。なにかの事故に遭ってあっけなく死んでしまっても、まあ今まで長く生きたのだから、と諦められるような気がするのだ。

また、医療技術が発達した現代では、人は滅多なことでは死なない。以前だったら明らかに死亡と判定される状態になっても、多くの場合蘇生できる。人格が再生されないケースまで含めれば、ほぼどんな状態からでも躰を生き返らせることが可能だ。極端なケースとして、遺伝子さえ残っていれば、そこからウォーカロンとしてクローンを作り出すことができる。人格は別人であれ、肉体はほぼ再生されるのだ。

このような状況にあれば、生命の重要さは、逆に過去のどの時代よりも低下していると見ることができる。同時に、本当に自分たちは生きているのか、といった、生命の概念にまで議論が及ぶだろう。少なくとも、生命を再定義しなければならなくなっているのだ。

その問題からは、多くの人が目を逸らしている、というのが実情だろう。それを専門とする学者たちも、緊急の課題の解決へ集中している。そこに集中することで、問題から逃げようとしているようにさえ見えてしまう。そう、僕もそうだったかもしれない。

しかし、子供が生まれないことよりも、また、ウォーカロンが人間になれるかどうかということよりも、まさに人類が直面している問題とは、生命というものの概念なのだ。それは、長く問われなかったテーマだった。誰もが、普通に信じていた。自分たちは生きていると、なんの疑いもなく、誰もが胸を張って主張した。人の命はかけがえのないもの、この世で最も貴重なものだ、という信念によってすべてが進められてきた。だが、それは本当なのか、どうしてそんなことがいえるのか、という危うい境界にまで、我々の文明は到達してしまったのである。

明日には、村の産業の現場を見学させてもらえる約束を確認して、僕たちはシン村長と別れた。隣の建物に移ったのだが、メインストリートは、街灯と窓からの明かりのため、普通の街並のように見えた。違いは、空に月や星がないということだけだった。

4

アネバネが通りを散歩しているときに撮影した村人の顔を、本局へ転送して身許を照会してもらうつもりだったのだが、地下のため衛星通信が使えない。ネットも使えないことが判明した。無線ではなく別の方法で行っているのか、あるいはここだけに特有のシステムを採用しているのだろう。ソフト開発をしているのならば、それくらいの防備はしていてもおかしくない。アネバネは、外へ出てきましょうか、と言ったが、あまり勝手なことをしない方が良いだろう、と僕もウグイも意見が一致した。もちろん、明日にはここを出ることになるのだから、慌てる必要もない。

ローリィがどうなったのか、わからなかった。なにも連絡はなく、また連絡の方法もない。リンデムにも会わなかった。この時間、外の通りを歩いている村人はもういなかった。大人しく自分の家に戻る、そういう習慣なのだろう。とても静かで、どこからも音は聞こえなかった。

普通だったら、眠くなるような時刻ではなかったけれど、時差の関係もあり、またバイクを長時間運転した疲れもあったのか、早々に各自の寝室に入った。僕は、シャワーを浴びたあとベッドで横になった。端末もオンラインでは使えない。しかたがないので、自分のスイッチを切るみたいに目を閉じた。

すぐに眠りについたけれど、夜中に目が覚めてしまった。時刻を確かめると、まだ日付が変わったばかりだ。相変わらず静かで、寝直そうと思って姿勢を変えたのだが、その音が異様に大きく感じた。呼吸さえ煩《うるさ》い。頭の中でいろいろなことがつぎつぎと湧《わ》き出て、渦のように巡り始めた。

ローリィが言ったこと、シン村長が言ったこと、それに、僕が今一番考えているテーマ、どれも関連があるように思えた。

生命の成立ちは、結局は有機反応の複雑さにあるといえるだろう。したがって、どこからが生きていて、どこからは生きていないと一線を引くことは困難だ。それが正解だと思う。つまり、相対的なものであって、比較的生きている、比較的生きていない、といった評価をするべき事象だということ。しかし、ここで問題になるのは、生きている状態から生きていない状態へのシフト、すなわち死というものの不可逆性である。これは、単にエントロピィ増大の法則として解釈するだけで良いものだろうか。

ペンを立てるのは難しい。ちょっとした振動で簡単に倒れてしまう。しかし、どんなに揺すっても、倒れたペンが偶然立つことはない。滅多にない。ここに確率的な稀少性《きしょうせい》というものがあって、これらが多数複合することで、死から生への帰還が不可能と観察されるだけなのか。

環境を整え、エネルギィを加え、適切な処理をすれば、ペンを立てることは技術的に可能だ。同様に、生命維持のメカニズムが細部にわたって解明されれば、適切な処理方法が開発され、生き返ることはできる。今、既にその段階に差しかかっているともいえるだろう。

それでも、まったくの無から高等な生命体を作り出すことはまだできない。過去に存在した生命、細胞からのコピィを始点としてしか、新しい命を作り出せないのだ。それはどうしてなのか？

あまりにも複雑で時間のかかるプロセスがそこに存在するからだ。一つの生命のように見えても、実は数々の生命が関わっている。生命自体が、既に複合体なのだ。

ある生命にとって害となる生命がいて、一方では、ある生命の維持に不可欠な別の生命が存在する。現在、人類の大問題となっている生殖についても、そういった方面での解決の糸口が見えつつある段階だ。

同じく、僕の最新の研究テーマも、やはりウォーカロンの集団に生息するウィルスあるいは癌《がん》細胞が、もしかしてウォーカロンを人間へとステップアップさせる最後の一段ではないか、という発想から始まっている。僕自身は、既に手応《てごた》えを感じていて、幾つかの事象でそれが説明できるのだが、一般への説得には充分といえるデータがまだ揃っていない。別の事象を見間違えているだけかもしれず、元《もと》の木阿弥《もくあみ》となる可能性だってある。

不思議だ。

どうして、生命活動というものは、このように絡み合うのだろう?

というよりも、絡み合っているうちに、こうなったのか。それがつまりは進化というものだったのだろうか。多様性は自然に適合するための方策だったと言われているけれど、そうだとしても、あまりにも複雑すぎる。

ここまで複雑になる必要があったのか?

つまり、生き残るために、確率を高めるために、単純性を嫌ったというだけにしては、行きすぎている、と感じるのだ。

それはまるで、脳が考える機能のために複雑さを増殖させ、同時に解き明かすべき課題にもまた複雑さを求めたみたいに思える。コンピュータも同じだ。ネットワークはどんどん複雑になり、それが処理するデータも加速度的に成長している。処理系は、自らの繁栄のためにデータをかぎりなく生み出し続け、同時に自身のニューラルネットを無限に構築しようとするのか。

そして、もう一つ発想されるのは、この複雑な処理を、我々が「考える」と単純に名づけたことだ。さらには、考える自身の仮想感覚に「意識」というものを感じた。感じたのは、複雑さの雑音のような逸脱信号だったのだろう。あるとき、勢い余った処理をしてしまった。自分が考えていることを考えるようになった。自分の思考に気づいたのだ。ここに、「生」というものの源泉、あるいは根幹を見ることができる。すべては、そこから始まった。

結局、細胞分裂のように加速度的に増殖する「多」が、結晶のような単純性を嫌い、複雑怪奇に縺《もつ》れ合《あ》ったことによって、回路に余分な多数の分岐ができてしまったのだろう。

極論すれば、生は、生に対する無駄を基盤としている。

そんなことをぼんやりと考えて、眠れないな、と感じたけれど、もしかしたら、夢の中で考えていたのかもしれない。僕にはよくあることだった。夢の中で研究テーマを考えて、アイデアを思いつくこともある。起きているときに覚えていないアイデアは、たぶん使えない素材だったのだろう。素晴らしいアイデアは、その興奮で目が覚めて、覚醒《かくせい》した思考において、多少は目減りすることが常だが、それでも現実において価値を維持することもまた多く経験しているところだ。

次に目が覚めたときには、ああ、これが現実か、と思った。夢の中で考えたことは僅かだった。考えていた時間は一瞬だったのではないか。目覚めは良く、気分も爽快《そうかい》だった。

リビングに出ていくと、アネバネ一人が待っていた。

「ウグイは？」僕は尋ねる。

「外へパトロールに出ました」アネバネが窓の方を手で示した。

珍しいことだ。僕は窓際へ行き、そこから通りを覗いた。窓は岩をくり貫いた正方形で、顔は入る大きさだが、壁の厚さによって視界が遮《さえぎ》られている。通り全体を見渡すには、顔を表まで出さなければならないだろう。ガラスはないので、それは可能だが、肩幅が狭いか、首が長いか、いずれかの条件が必要だ。しかし、そこまでしなくても、ウグイが歩いているところが見えた。そのほかにも、数名の村人の姿がある。通りは既に明るかった。

時刻はまもなく八時。普段よりも睡眠時間が長かったようだ。おそらく、アネバネがパトロールから帰ってきて、時間を持て余して、ウグイも散歩に出かけたのだろう。

アネバネの説明によると、この村には独自のローカル・ネットワークがあって、微弱な電波が感知された、デジタル信号であることは間違いないものの、解読ができない、世界規格ではないプロトコルか信号形態が用いられている可能性がある、とのことだった。

通りの突き当たりまで行っても、出口らしいものはなく、また、外部との通信はできなかったらしい。もしかしたら、普通の岩ではなく、金属を多量に含んでいるのではないか、とも話した。

5

朝食は簡単なものだったけれど、僕は簡単な朝食が好きなので、ほっとした。食事の片づけをしにきた女性が、まもなく村長が迎えにきます、と言い残して出ていった。

「今の人は、ウォーカロンですか？」ウグイがきいた。

「まちがいない」僕は頷く。「村長の言葉を信じているわけではなく、客観的な観察でそう推定される」

「本局への連絡ができないので、外へ出ても良いか、と村長に尋ねてみようと思います」

ウグイが言った。

「どうやって説明する？　私たちは、研究者と助手なんだから、ちょっと不自然じゃないかな」

「それはそうですが……」

「見学なんてすぐ終わるから、お昼には、ここを出られるだろう」

ウグイは小さく頷いた。

ドアがノックされて、返事をすると、シンが一人で入ってきた。

「ちょっと、早かったでしょうか?」彼は僕たちを順番に見た。「いかがですか?」

「いえ、早く見たいと思います」僕は立ち上がった。

「すぐ近くです。ご案内いたしましょう」シンは言う。

彼について、通りに出た。中央を歩いていく。すれ違う村人は、村長に対して軽く頭を下げる。しかし、挨拶の言葉というものはないようだ。無表情のままで、笑顔も見せない。それは、シンの方も同じで、僕たちに見せたようなにこやかな表情は、村人には必要ないということか。全員が家族のようなものなのかもしれない。

通りを半分ほど歩いたところで右折し、直角に交わる細い道に入った。幅が五メートルほどだ。天井も少し低い。この道の途中から、道幅がさらに狭くなり、少し暗くなった。ところどころに照明がある。つまり、太陽光を導く設備がそこからはなかった。光がないだけで、空気が湿っているように感じ、ここが地下であり、トンネルの中にいる気分を蘇《よみがえ》らせる。こちらの方が相応しい雰囲気であり、自然なのだが。

トンネルを二十メートルほど進んだところで壁に突き当たる。大きめのドアが一つだけあった。

「ここです」シンはそう言って、ドアを引き開けた。

部屋の中に照明が灯る。つまり、それまでは暗かったわけだ。まだ時間が早いから、誰も出勤していないのだろうか、と僕は考えた。シンの話では、ソフトを開発している場所、この村の主産業の現場だという。コンピュータが並び、村人のウォーカロンたちが端末の前に座っている、そんなシーンを想像していた。

ところが、ドアの中は、まるで違う光景だ。工場か設備機器の部屋のように感じられた。人の姿はなく、部屋の中央に大きな装置が据えられている。そこへ壁や天井《てんじょう》から沢山《たくさん》のチューブやケーブルがつながっている。空調は効いているものの、音も振動もない。静かな空間だった。

ここは前室であって、奥に部屋があるのだろうか。

「これは、何ですか?」僕は、その大きな装置について尋ねた。

「水槽です」シンは答える。「水を循環させているのです」

思いもしない答だった。コンピュータを水で冷却しているのだろうか、と想像する。

「何のために?」

「まだ、この上に部屋があります。そちらをご覧になれば、わかると思います」シンは手招きし、その水槽の横を歩いた。かなり大きな規模だ。長手方向に三十メートル近くある。四角い水槽は、アルミかステンレスの金属で作られていて、計器のようなパネルがところどころにあるが、操作をするようなスイッチ類はなく、おそらく全自動で稼働しているのだろう。

壁際に金属製の階段があるところまで来た。シンはそこを上っていく。ウグイ、僕、アネバネの順で続いた。階段を上がる途中、水槽の上部を見ることができた。透明のカバー越しに水面が見える。まるで、室内プールのようだ。もしかして、この水を循環させて、生活水や飲料水に使っているのだろうか、とも想像した。

上のフロアも、僕たちが入っていくと照明が灯った。広い部屋の中に、同じ形状の白いカプセルのようなものが沢山並んでいる。大きさは三十センチほどで、三段の棚に等間隔に置かれ、そこへチューブが何本も接続されていた。ここも、無音で静かだった。

カプセルは球形に近いが、縦にやや長く、ちょうど卵のようだ。艶《つや》はなく、プラスティック製だろう。この棚がずっと奥まで続いているので、卵が何百個もあることになる。予想もしない光景に、これは何だ、と考えるばかりで、質問もできなかった。

「ここが、この村の中枢です」シンは立ち止まり、振り返った。

「このカプセルは、何ですか?」ウグイが質問した。

「村人です」シンは答えた。「ほぼ、全員がここにいます」

一瞬、この場所の静寂に呑《の》み込《こ》まれ、沈黙があった。僕も驚いたし、ウグイたちも息を止めたのではないか。シンの言葉の意味が、すぐには理解できなかった。なにかの比喩《ひゆ》ではないか、とまず考えてしまった。しかし、そうではない。この規模、この設備から、まもなく察しがついた。以前に、これに類する実験を見たことがあったからだ。

「ここで、仕事をしている、というのですか？」僕は、言葉を選んで尋ねた。

「そのとおりです。さすがにドクタ、理解されるのが早い」

「いえ……、驚きました。これは、つまり……、躰はここにはない？」

「はい、そのとおりです」シンは頷く。

「躰はどちらに？」

シンは、少し微笑んだ表情のまま、首を横にふった。

「ウォーカロンの頭脳だけが、ここで生きている、ということですか？」

「そのとおりです」

「これは……、ちょっと、驚きました。その……、なんといったら良いのか、あの……、法的にどうなのでしょうか？　この国では認可されているのですか？」まずそれが気になったので、質問をした。

「ここが治外法権だということをご存じでしょうか？　法的には、それで許容されているわけです。たしかに、世界政府は認めていません。世界的なその決断は、いささか大衆的、あるいは感情的と申しますか、未来を見失った錯誤だったと思います。いずれは改まることでしょう。ドクタ・ハギリ、貴方が一流の科学者だから、お見せしたのです。きっとご理解が得られるだろうと考えたしだいです」

「いや、驚きました……。これだけの規模のものは……」

「これは、悪事ではない。それは確かです。また、実験でもない。そういった目的で行われた結果ではありません」シンは、やや興奮したのか口調が速くなっていた。「このカプセルの中に入った人々は、一人の例外もなく、自ら望んで肉体から離脱したのです。この施設も自分たちで設計をし、自分たちのために作った。こうすることで、安定した人生が得られる、安全な社会で暮らせる、と夢見た。その理想を実現した結果なのです。稼働してまだ十年ほどですが、現在まで大きなトラブルはありません。誰一人、後悔をしていない。心の安定を得て、幸せに生きているのです」

　理想はそのとおりかもしれない、しかし実情はどうだろう、本当に幸せなのだろうか、と僕は疑わずにはいられなかった。それは、生き物として必然的な思考といって良いだろう。ただ、正しい、間違っている、あるいは、好ましい、好ましくない、といった判断を持ち込んではいけない、とまず自分を制した。

「わかりました。ありがとうございます。貴重なものを見せていただいたことに感謝をします。あの、できれば、どなたかと話がしたい」僕は言った。「可能ですか?」

「もちろんです」シンは頷いた。

　ウグイと眼差《まなざ》しを交《か》わす。彼女は眉を顰めていた。受け入れ難い、といった顔だった。アネバネの表情には変化はない。

「全員と話ができます」シンは言った。「私は、毎日みんなと話をしています」

「通りを歩いていた人とか、そう、あのリンデム氏とかは、例外なのですね?」ウグイが質問する。

「全員がここに入ることになると、少々不都合が生じます。この装置を維持する要員が必要だからです。もちろん、ロボットに任せることも、いずれは可能になるとは思いますが、今はまだ過渡期のため、ボディを持った者も幾らか必要なのです」シンはそう言うと、自分の胸に手を当てた。「私自身が、その一人です」

6

その部屋の一画に、棺桶《かんおけ》に似た設備があった。睡眠用の棺桶ではない。バーチャルを見せるためのものだ。これは、市販品だろう。よく見かけるタイプのものだった。職場でも、僕はこれを使ったことがあった。

三基あったので、シンと僕とウグイがその中に入った。ゴーグルを付けて、しばらく待っていると、自分が部屋の中にいる映像が見えてくる。すぐ横にシンが立っていた。後ろを振り返ると、女性が一人。

「申し訳ありません。お二人のデータが不足しているので、お互いに少々別人のように見えると思います」シンがこちらを見て言った。

「ウグイ?」僕は、女性に尋ねた。

「先生ですか?」ウグイの声だった。

人形みたいだが、もともとウグイは人形みたいなので違和感はない。僕はどんな人物になっているだろう。それは、鏡でもないかぎり自分では見えない。

「こちらへどうぞ」部屋から出るドアがあり、シンがそれを開けながら誘った。

外は、眩しいほど明るい草原だった。牧場のようだ。草の匂いがする。羊だろうか、遠くに動いているものが見えた。建物の屋根が点々と斜面地にある。

「ここは広い。みんなで少しずつ開拓して、村を建設しました」シンが語った。「まずは、ここのリーダのキリナバを訪ねましょう。信頼のできる人物です」

どうやって移動するのか、と思ったが、シンが両手を広げ、僕とウグイに手をつなぐように促した。手を掴むと、シンは浮かび上がり、僕たちも地面から離れた。空を飛んでいる。浮遊感は、加速度というよりは視覚的な刺激によるものだろう。牧場の上を飛び越え、建物が集まっている村の中心部へ下りていく。教会のような塔のある建物の近くに下り立った。

「キリナバ」シンが呼んだ。

建物の中から男が出てくる。長身の白人で口髭がある。作業着のような服装だった。僕とウグイをじっと見て、不思議そうな顔をする。

「日本からいらっしゃったドクタ・ハギリと、その助手のウグイさん」シンが紹介してくれた。「この村の調査にいらっしゃった。学術的な目的なので、秘密を守ることを条件にお招きしました」

「そうですか」キリナバは、表情を緩め、僕の方へ片手を伸ばした。

握手をする。ウグイとも握手をした。

「さきほど、ここのことを聞いて、まだびっくりしているところです」僕は正直に話した。「ここで、ずっと生活をされているのですか？　期間は、どれくらいになりますか？」

「私は、九年になります。なんの不自由もありません。それどころか、ここは楽園です。なんでも自由にできる。設計をして、データを構築すれば、すべてが実現します。時間も労力もかからない。今ではここが私たちの現実です」

「仕事もここでされているのですね？」

「村人の半分は、この世界を構築する仕事に従事しています。さらに、半分以上が、外の世界を相手にビジネスをしている。残念ながら、エネルギィを買う必要があるので、外で商売をしなければならないんです」

「貴方は、どちらの仕事を？」

「私は、村の建設に携わっています。もともと建築家でしたので」

歩きながら話していたが、建物の中庭に至った。薔薇園《ばら》のようだった。色とりどりの薔薇が咲き誇り、芝生《しばふ》の緑は輝かしい。薔薇の香りがしたし、微《かす》かに流れる風も感じられた。これらの設定をすべてデータで作り出しているということだ、と僕は考えてしまう。たしかに、世界を作ることは面白いだろう。しかし、なにもかも思いどおり作れてしまう、という点が気になる。キリナバが話したように、実際のものを作るよりも圧倒的に速い。短い時間ですべてが手軽に実現できる。それは、エネルギィの節約にもなる。相対的に、人生は長く感じられ、希望も大きく膨《ふく》らむことだろう。

村人はみんなここの環境に満足している、とキリナバは説明した。もちろん、小さな不満はあるが、それも自分たちで改善していける。その発展的なプロセスが、とても楽しく、生きている手応えを感じる、と彼は語った。

薔薇のアーケードを潜って、バスケットを持った女性が現れた。若い整った顔立ちで、やはり白人だった。キリナバが、自分の妻だと紹介した。彼女は近くまで来て、膝を軽く折って挨拶をした。

「何をしていたのですか？」僕はきいた。

「薔薇の手入れをしていました」彼女は答える。

「この村の薔薇はすべて、彼女が構築したデータなのです」キリナバが説明した。「実物に近い設定になっていて、肥料や水をやって、世話をしなければならない。そういう面倒のかかるデザインなんです」

「生き甲斐を作ることが、私たちの仕事です」彼女はそう言って微笑んだ。

それは、僕が夢で考えたことに似ていた。

わざわざ世話をするために、世話のかかるものを設定するのだ。その複雑さが生きている証《あかし》なのか。

「食べたり、飲んだりすることは?」僕は尋ねた。

「もちろん、経験できます。そういった刺激をデータとして与えるだけのことです」シンが説明をしてくれた。「ただ、今のドクタとウグイさんにはできません。先生たちの脳に直接信号が送れないからです。ご理解いただけると思いますが」

「はい、わかります」僕は頷いた。「現実のものが、ほぼ全部、疑似体験できるわけですね」

「しかも、病気にはならない。怪我《けが》もしない。いたって健康であり、この上なく安全です。建物や花だけではありません。自分自身だって作り替えることができます。好きな年齢で、好きな風貌に変身することができます」

「どれだけ食べても、お腹を壊すこともない?」僕はきいた。

「それは、設定です」キリナバが答えた。「各自が自分の健康について、自由に設定ができます。食べなくても良い躰にすることもできるし、空腹になるようにもできます」

「なにもかもが、自由なのです」シンが話す。「私も、いいかげんにこちらの世界に来たいものだ、と考えていますが、なかなかそうもいかない」

「どうしてですか?」僕は尋ねた。シンは人間だからだろうか。

「村のために、誰かはあちらに残らなければなりません。その使命感だけです。いずれは引退して、この村へ来ることになるでしょう。それまでは死ねません」

「そうだ……。死は、ここではどうなっているのですか?」僕は尋ねたが、考えてみたら不吉な質問だったかもしれない、と少し後悔した。「失礼なことをきいているのかもしれませんが……」

「いえ、そんなことはない。大変本質的な素晴らしい質問です」シンが答える。「肉体がないといっても、頭脳の実体は肉体ですから、死は免《まぬが》れません。死がなければ、生きていることも実感できないでしょう」

「つまり、脳が老化で衰えたら、それがその人の死になるわけですね。今までに亡くなった方は?」

「幸運なことに、ここではまだ一人もいません。肉体の中よりも、理想的な環境下にあるわけですから、普通よりは長い人生が送れるでしょう」シンは言う。「ここに入るまえに、惜しくも亡くなった同胞がいました。残念なことでした。それでも、この村へ来ても、いずれは衰えますから、それが周囲に知れます。みんなが助けてくれるでしょう。良い死に方ができるのではないか、と私は考えています」

「キリナバさんは、結婚されているわけですが……、それは、この村に来てからのことですか？」僕は質問した。「あ、この村というのは、テルグのことですが、あ、えっと、今いるここは何という村でしょうか？」

「ここがテルグです」シンが答えた。「あの岩の中にある村は、富の谷と呼ばれている場所で、村の名前はありません」

「ああ、そうですか。では……」僕はキリナバを見た。

彼は妻の腰に手を回し、躰を近づけて立っている。

「私たちは、このテルグで結婚をしました」キリナバは答えた。「もともとの知合いではありません。この楽園で結婚した最初のカップルになりました」

「そうですか……。いかがですか？　愛情というものは、ここでは、どんな概念なのでしょうか？」僕は尋ねた。

「同じですよ」キリナバは微笑む。「外の世界だって、子供は生まれない。大勢が既に、異性との肉体的接触に興味を示さなくなっています。いえ、世界中がそうなのか、私は詳しくは知りません。日本ではどうですか？」

「いや、私もその方面は、いたって無関心で……」僕はそう言いながら、ウグイを見た。

ウグイは黙って立っている。表情はよくわからない。怒っているようにも見えたが、気のせいだろう。

「人類は、大いなる危機に直面しています」シンが両手を広げて語った。「子供が生まれない。人口は減る一方です。ただ、私もそうですが、人工細胞を躰に入れて延命をすることができる。これは、つまりは、このバーチャルの世界と同じではありませんか？　もし、このままこの環境を生きなければならないとしたら、エネルギィを節約するためにも、あるいは、無駄な争いを避けるためにも、そして、自分の夢を実現するためにも、世界中の人がバーチャルの中で生きることを選択すべきです。我々が、その先駆《さきが》けとして、ノウハウを提供することができます。遠くない将来、そのような世界的なシフトが訪れるでしょう」

それは、ビジネスチャンスという意味で言っているのだろうか、と僕は感じてしまった。それ自体がもう、欲望に染まった人間の性《さが》かもしれない、と数秒後に反省したが。

7

キリナバと別れ、村の市場へ僕たちは移動した。シンが空を飛んで導いてくれた。ここでは空を飛べるのは、マシンを介してログインしたシンだけの特権だという。村長にだけ許された設定になっているのだそうだ。

市場は活気に溢《あふ》れていた。それはそうだろう、どんなものでも作り出すことができるのだから、珍しい品物がいくらでも並ぶことになる。誰かが思いついただけで現実になるのだ。見たこともない果物もあれば、絵や彫刻などの芸術作品も多かった。人口が少なくても、現実の世界よりも生産性が高いので、個人が生み出せるものの量がむしろ多い。そして、ほとんどが無料だった。金が必要ないのだから、欲しいものをすぐ手に入れることができる。他人に使ってもらえることが、生み出した人間には嬉しい。その満足を得るためだけで、市場が成立することになる。

「いかがですか？ドクタ」シンが僕に言った。「こんな理想の世界に住みたいとは思いませんか？」

「思います」僕は答えた。「ただでも、私は研究者なので、こちらの世界に来ても、大差はないように思います。そもそも、頭で考えるだけの仕事なのですから」

「でも、余計な心配はなくなりますよ。安定しているし、安全です。それこそ、今以上に研究に没頭できるでしょう」

それは、そのとおりだな、と思った。

ただ、今の僕は、ニュークリアという国の施設の中で、比較的これに近い環境に既にいるのだ。以前とはずいぶん違う。通勤をしたり、つまらない会議に出席するような無駄もなくなった。それに、予算もそれほど気にせず好きなことができる。僅かといえるかもしれないが、こうして世界中を飛び回る自由もある。今の自分の状況には、もったいないと感じるほど感謝しているのである。そこを、たぶんシンは知らないのだろう。でも、そんな話をしてもしかたがない。自慢話に受け取られるだけだ。

「私は、駄目ですね」ウグイが発言した。「あまりに手応えがない、と感じてしまいます。夢の中にいるような気分です」

「それは、ウグイさん、貴女《あなた》がまだここに馴染《なじ》んでいないからですよ」

「最初は誰でもそうなので、これは現実ではない、と否定をしながら見ている。脳が処理できないのです。でも、数日経《た》つうちに、この環境に慣れてきます。そのうちに、こちらの方が現実だと感じるようになる。つまり、人間というのは、時間に比例して環境に適合する傾向、あるいは能力を持っているのです」

「そうでしょうか。いえ、そうかもしれませんね」ウグイにしては、珍しく相手に譲った物言いだった。本心ではないのだろう。彼女は、僕の方へ囁くようにつけ加えた。「私よりもアネバネの方が向いている気がします」

それについては、僕は同意できなかった。アネバネは、ウグイよりも現実主義者なのではないか。こんなデジタルデータの世界では、彼の身体能力が発揮できない。それでは、彼にとっては生きづらい、あるいは生き甲斐のない環境にちがいない、と僕は考えた。

「彼も、ここが見たいでしょう。呼んできましょうか？」シンが言った。

「え、でも三つしかなかったのでは?」僕は言った。バーチャルのデバイスとなっている棺桶は、三基しかなかった。どこか別の場所にあるのだろうか。

「ええ、大丈夫です。少々お待ち下さい」そこで、シンは真っ直ぐに上昇していった。その光景を見上げて、僕は笑いそうになった。

「面白かったね、今の」とウグイに言うと、

「何がですか?」とのこと。

そうか、ウグイにはなにも愉快ではないのだ。人によってさまざまな受け取り方がある。彼女は、これは作り物の世界であって、人間が空を飛ぼうが、なにが起ころうが、驚くようなことではない、と考えているわけだ。僕も驚いたわけではないけれど、それでも、見るだけで愉快だと感じた。この差は何だろう、と考えてしまった。

そこで、ウグイと少し話し合った。彼女が言いたいのは、このバーチャルの世界の成立ちではなく、頭脳だけになったウォーカロンたちに関するもので、焦点はその違法性についてだった。

「技術的に可能であることは、以前から指摘されていたので、驚くようなことではありませんが、やってはいけない、という合意が得られたことには、それなりに重みがあると私は思います。大勢の人たちがそれを拒否したのです。生理的に受けつけないものだし、生命の価値というか、人間の尊厳に対して、冒瀆といえるものだとみなして良いのではない

でしょうか」

「まあ、一般的で妥当なコメントだと思うよ」僕は、それだけ答えた。ウグイは、もっと僕の発言を引き出したかったようだ。黙って僕を見ていた。でも、いつものウグイの顔ではないため、視線の力強さに欠けている。やはり、本物は迫力が違うのだな、と妙に可笑《おか》しかった。僕は、今とても機嫌が良いようだ。なにか、ちょっとしたことも面白くて、笑いたくてしかたがない。ひょっとして、このバーチャルの世界が性《しょう》に合っているということだろうか。


シンは、なかなか現れなかった。ときどき空を見上げると、雲がちゃんと動いている。そうか、太陽も設定して、実際のように動かしているのだ。この世界を作った人は、きっと面白かっただろう、と想像する。今でもまだ、その作業は続いていて、ディテールを追求すれば、どこまでも際限なく作り込むことができるのにちがいない。


市場の方から、ターバンを頭に巻いた男が歩いてきた。数メートルまで近づいたところで立ち止まり、こちらをじっと見た。

「ハギリ先生とウグイさんですか?」男が声を発した。アネバネの声だ。

「あれ? 一人で来たの」僕はきいた。

「ハギリ先生が私を呼んでいる、とシン氏に言われたので、来ました」アネバネは言う。

外見はまったく別人だが、エキセントリックで、アネバネの雰囲気は充分に出ている。

「呼んだわけではないけれどね」僕はまた笑ってしまった。アネバネの姿や仕草が面白かったからだ。

「用事は、何ですか?」アネバネは、ウグイの方を見て尋ねた。

「用事は特にないけれど、この世界を貴方がどう思うか、という話を先生としていたところ」

「この世界? べつにどうも思いませんが」

そうだろうな、と僕は内心思った。

「ここの住人になりたいと思う?」ウグイがまたきいた。

「いや、その問い方は、ちょっと作為的だね」僕は指摘する。「もう少し、理解をしてもらってからの方が良いだろう。概略だけでも説明をした方が良い」

「このデジタルの世界に村人たちが住んでいる、ということですね?」アネバネは、周囲の風景をぐるりと見回しながら言った。

「そう。それに尽きる」僕は頷いた。「話ができたのは、まだ二人だけれど、その人たちは、ここが楽園だと言っていた」

「躰がないから、病気にもならない。アイデアを思いつくだけで、なんでもすぐに生産できる。そんなところだったかな」ウグイがつけ加えた。「どう? 住みたい?」

「うーん、どうでしょうか。状況によりますね」アネバネは答えた。

「状況？　たとえば、どんな？」ウグイが首を傾げている。そう、その方向と角度は彼女らしい。だんだんリアルになって見えてくるのは、どうやら本当のようだ。

「いつでも、現実に戻れるのなら、悪くはないのでは」アネバネが言う。

「それはそうだ」ウグイは頷いた。「でも、ここのみんなはそうじゃない。もう躰がないのだから、戻ることはできない。ある意味、死んだのと同じだと思う」

「それは、言いすぎじゃないかな」僕は口を挟んだ。「生きていることは、否定のしようがない。脳が生きている。躰がないといっても、それは補うことは可能だ。そういうメカニズムを作れば良いだけだし、そうすれば、ほぼ元の生活が可能になる」

「それでは、このバーチャルの世界となんら変わらない気もします」

「いや、全然違う。現実の世界の他者と、物理的なアクセスが可能なんだから。それから、もう一つレベルを上げるなら、ウォーカロンの躰に、脳を移植してもらえば、有機の肉体に還《かえ》ることもできる。これなら、誰が見ても、生きている人間だといえる」

「それは、明らかに違法です」

「そう、それはそうだけれどね。今の脳だけの状態が既に違法だし、生きている肉体に脳を移植することも違法だ。しかし、脳死したウォーカロンの献体があれば、実験的な検討として許可された実例が過去にある。その実験は大部分成功している」

「非常に特殊なケースだと思いますが」

「私の意見を述べたのではない。事例を挙げただけだよ。違法であることは、もちろん承知しているし、あってはならないことだと思っている」

「安心しました」

「しかし、その法律がここには及ばない、ということなんだ。それもまた、ルールというものだよ」

三人で宛《あて》もなく歩いている。市場の端まで来た。小川が流れていて、水車が回っている。何のために回しているのか、といえば、おそらく景観のためだろう。それ以外に意味はない。これは、現実とこの世界の大きな差といえる。現実に存在する人工物は、たいていはなにかしらの目的がある。目的があるから作られて、この世に存在するのだ。しかし、この世界では、現実にあるものを真似《まね》ているだけで、それ以外の目的がなくても存在できる。つまりは、ここに住んでいる者たちが見て感じるためだけに存在しているのだ。それも、立派な目的かもしれない。しかし、本当に意味がある目的だろうか。

「そろそろ戻った方が良いのではないですか」ウグイが言った。

それもそうだ、と思った。時間がわからない。時計がどこにあるのかわからない。そういった情報にアクセスできないのも、困ったものだ。

「ログオフするには、どうしたら良いのでしょう?」ウグイが続ける。

「そうだね、シン氏が現れるのを待つしかないか」僕は言った。「それよりも、ここの人たちに尋ねるのが簡単かな」

「きいてきます」ウグイは頷いて、市場の方へ走っていった。

ウグイの走り方ではなかった。もっと女性らしい、お淑《しと》やかな走り方だ。新鮮で小さな驚きを感じ、後ろ姿をずっと目で追ってしまった。

8

テルグの村人たちは、ソフト開発をしていると聞いた。その作業現場は、このバーチャルの世界ではどうなっているのだろう、と僕は考えていた。

ウグイが戻ってきて、首をふった。彼女の今の顔にもすっかり慣れてしまった。

「ログオフという言葉が通じませんでした」ウグイは報告した。「この世界から出るのだ、と説明しても、首を捻るばかりで……。三人に尋ねましたが、同じです。彼らには、そういった必要がないから、ということでしょうか。でも、知らないはずはないと思うのですが」

「ここで暮らしているうちに、忘れてしまうのかもしれない」僕は言った。「年寄りだった？」

「見た感じは、そうでもありません。仮の姿ですよね。でも、しゃべり方は、明らかに年配者のようでした」

「若い人は、この辺りにはいないんじゃないかな。どこかで仕事をしているのかもしれない」

建物が集まっているところまで歩くことにする。さきほどキリナバに会った教会みたいな建物の近くになる。歩いている間、誰ともすれ違わなかった。道の片側には、牧場の柵《さく》があって、そのむこうに羊がいるのだが、それらはただの情景として存在しているだけだろう。ときどき動くことはあっても、まったくこちらを見ないし、反応もなかった。しばらく歩いていると、道をこちらへ近づいてくる長身の男が現れた。キリナバである。

「あの……」僕は頭を下げた。「伺いたいことがあるのですが」

「何でしょうか？」キリナバは友好的な表情である。

「ここからログオフするには、どうしたら良いのですか？　シン氏がいなくなってしまったので、どうしたら戻れるのかわからないのです」

「ログオフ？　えっと、ああ、そうか、シン氏のように元の現実へ戻りたい、という意味ですね？」

「そうです」話が通じて、僕はほっとした。

「えっと、それは、どうするのかな。私たちは、試す機会がないので、えっと、とにかく、マニュアルを見にいきましょう。ご案内します」

キリナバによれば、村の図書館にそれがあるという。そういう設定になっているのだろう。彼と並んで歩き、後ろをウグイたちがついてくる。考えてみたら、この世界では、ウグイは銃を持っていないし、アネバネも超人的な技を発揮できないわけだから、僕を警護する役目は果たせない。果たす必要もない。それでも、三人一緒にいた方が良いのは、単に話ができなくなる状況を心配しているのである。なにしろ、肉声以外の通信機能がすべて使えないのだから。

図書館は、ギリシャの神殿のミニチュアのような建物で、まるで遺跡のレプリカみたいだった。柱の間を抜けると、いつの間にか普通の部屋になっていて、モニタが三つ並んでいた。その一つに若い女性が座っている。こちらを振り返り、見慣れない僕たち三人をしばらく見つめていた。

「お客さんだよ」キリナバが彼女に説明した。

キリナバは、モニタの前のシートに座り、呟くように語りかけた。「テルグ・システムのマニュアルを参照したい。システムからオフラインに移行する方法は？」

「キリナバ、通常はここを出ることはできません。非常時にのみ、メモリィを退避させることはできます。現在、非常時の宣言はされていません」女性の声だったが、それがオペレーション・システムの声なのだろう。

「私がしたいのではない。シンが連れてきたゲストの方三人だ。登録は？」

「検索します。ドクタ・ハギリ、ウグイさん、アネバネさんの三名のことですか？」

「そう。ドクタ・ハギリは、ここから出たいと言っている。その方法を調べてほしい。シン氏は、いつもその操作をしているはずだ」

「通常は、リーブ・テルグのコマンドを実行します。しかし、現在、そのコマンドは使用できなくなっています」

「え、どうして？」

「理由はわかりません。なんらかのトラブルか、あるいは、その宣言が実行された場合のいずれかです」

キリナバは、こちらを振り返って僕の顔を見たが、すぐにまたモニタに向かった。

「シン氏を呼び出してほしい」

「了解しました」

そのまま、モニタは静かになった。

「嫌な感じですね」ウグイが囁くように横で呟いていた。

モニタはなにも言わない。もちろん、キリナバも立ち上がって、僕の前に立った。

「申し訳ありません。方法はあるはずですが……」

「あると良いですね」僕は頷いた。

慌てても、怒っても、なんとかなるものではない。とりあえずは、待つしかないだろう。

「外からいらっしゃったのなら、ボディが外で待っているのですから、意識がなくなれば、次に覚醒したときには、戻れるはずです」それを言ったのは、モニタの前に座っていた女性だった。

キリナバが、この女性を紹介した。「フーリです。彼女はここで、数学と物理学を教えています」

僕は、フーリと握手をした。

「数学は、ここでも有用でしょうけれど、物理学は、役に立たないかもしれませんね」と僕が言うと、

「そうでもありません。ここは現実に真似て構築されていますから、あらゆる手続きに物理の知識が必要です」と彼女は答えた。

「意識をなくせば良いというのは、眠れば良いという意味ですか?」

「はい、そうです。そのうち眠くなりますよ」

「夢を見る代わりに、現実に戻るわけですね」

「そのとおりです。ここでは、多くの者が、そうやって仕事をしています」

「え、どういうことですか?」

「眠っている間に、仕事をするのです。睡眠中は、この仮想空間から離れ、脳が端末と直結して、ソフト開発の仕事に従事します。それが、ぼんやりと夢として私たちには認識できます」

「それは……、へえ、面白いですね。夢のように感じるのは、そう設定したからですか？」

「もちろんそうなんですが、どう感じるかは、事前にはわかりませんでした。その環境を試したら、そんなふうに感じられた、ということです」

「夢ですか……。となると、仕事の内容を覚えていない場合もあるわけですね。ぼんやりとしか思い出せないとか」

「はい。でも、どんな夢だったか、起きたときには印象が残っているものです。それが、この楽園へ戻ったとたん、そんなことはどうでもよくなってしまいます」

「普通だったら、こちらが夢で、仕事は現実である、と認識されるはずですが、逆転してしまう理由は何でしょうか？」

「おそらく、解像度というか、接続可能なメモリィ領域の大きさの差でしょう。こちらの世界がそれほど大きく成長しているという意味です。人は、より複雑なものを自分のいる世界だと認識するようです」

気がついたのだが、目の前にいる女性が、僕には人間に見えた。つまり、ウォーカロンではない、と識別できた。これは、どうしたことだろう、と自分でも不思議だった。むしろ、ウグイの方がウォーカロンに見える。もちろんそれは、見慣れない姿をしていて、彼女の仕草にしてはぎこちなく見えるからだろうけれど、しかし、現実と反転していることは興味深い。この原因については、のちほどじっくりと考察しよう、と思った。

「貴女は、どんな仕事を？」

「ここでは、教師です。子供はいませんから、皆さん、私よりも歳上ですが、定期的に教室を持って、講義をしています」

「あ、いえ、ここではない方の、つまり、夢の中でする方の仕事です」

「ソフト開発です」

「どんなソフトですか？」

「うーん、あまりしっかりとは覚えていないのですが、コンピュータの中で孵化《ふか》する卵を作っています」

「卵？　何に使われるものですか？」

「私は使ったことがありません。ただ、そういった商品があるということです。需要があるので、作っています。以前からあったものです。ずっと品種改良を重ね、つまりソフトのバージョンアップをしています」

なにか、概念的なことか、あるいは比喩的な表現だろう、と僕は受け止めた。

ところが、僕たちの会話を聞いていたキリナバが、割り込んできて、別の話を始めた。これからどうしますか？　予定が決まっているのですか？　ときいたのだ。タイミング的に不自然だった。まるで、フーリがこれ以上話さないようにしたみたいに見えた。彼はフーリを睨んだようだ。彼女は肩を竦めて、またモニタへ戻っていってしまった。

これらのシーンはリアリティがあった。僕にはそう見えた。

第3章　生きている希望　Living hope

彼らの世界には屹立《きつりつ》する都市も、巨大な機械も、ひしめきあう乗り物もなかった。彼らの文明は、粗雑な物質的進歩を超えた次元に達しており、彼らの惑星は緑したたる美麗な公園を思わせた。あちらこちらで、花をつけた木々のあいだに優美な建物が燦然《さんぜん》と輝いており、花壇《かだん》と森をぬけて、白いローブに身をつつんだ高貴な男たちと美しい女たちが行きかっていた。そして彼らの知識は死を克服しているようだった。なぜなら、極小宇宙の世代をいくら重ねても、彼らの姿は変わらないままだったからである。

1

キリナバが、村で一番の技術者に相談してみます、と言って立ち去ったあと、僕たち三人は、図書館の前の広場でベンチに腰掛けた。ときどき、前の道を歩く人がいて、例外なくこちらを見ていく。最初に来た男性には、ウグイが近づいていき、質問をしたが、無言で首をふられるばかりだった。やはり、知らないのだろう。ウグイは戻ってきて、僕の顔を見たが、黙っていた。これは、怒っている顔ではないか、と想像するしかない。

ウグイは、前屈《まえかが》みになり、腕を伸ばして、地面に文字を書こうとした。もちろん、土は動かないので、軌跡はまったく残らなかったが、その動きから、〈わな〉の二文字のひらがなだとわかった。

会話をすると、この世界の監視者に聞かれるだろう、と彼女は警戒したのだ。それは、そのとおりかもしれない。手の動きまでは監視していないかもしれないし、たとえしていても、日本の文字が読み取れるとは思えない。だから、そのコミュニケーション方法を採用したようだ。

罠《わな》だという主張は、可能性が高いと僕も考えていたので、彼女に無言で頷いて返した。もちろん、トラブルの可能性だってある。シンが体調不良で倒れたかもしれない。とにかく、僕たちには現実を見る方法がない。連絡をすることもできない状況だ。

これでは、ほとんど囚《とら》われているのと同じである。待遇はさほど悪くはない、と僕は感じていたが、そんなことを言おうものなら、ウグイは絶対に否定するだろう。

ただ、何の目的でこんな拘束をしているのか、そこが理解できない。知られてはまずいことを僕たちが知ってしまったのだろうか。それとも誘拐して身代金《みのしろきん》でも請求するつもりだろうか。

前者としては、カプセルに入ったウォーカロンの脳についての情報だろうか。しかし、それはむこうから見せてくれたものだ。偶然に秘密を知ってしまったわけではない。すると後者だろうか。今頃、日本に請求が届いている可能性はなきにしもあらずだ。その場合は、値段が安ければ良い、どうか身代金を支払ってほしい、と願うばかりである。

「さっきの卵の話は、どう思った?」聞かれても良い話題にしようと考え、僕はウグイたちに話しかけた。

「ウィルスみたいなものでしょうか。そういう違法ソフトがかつて、世界中で繁殖した時代があったようです」ウグイが答える。彼女は、無意識に片手の指を顳顬に当てたが、その動作がここでは意味のないことに気づき、手を戻した。

アネバネが僕の横に座っているが、顔はごく普通の青年で、片方だけのグラスもない。

「眠れば戻れるという話は本当でしょうか?」そのアネバネが言った。

「わからない。だけど、どうやったら寝られるのかな。今は、少なくとも眠れる気がしない。目が冴《さ》えわたっている」僕はそう言いながら、試しに両目を瞑ってみた。真っ暗な闇が見えるだけだった。次に片目を閉じた。これも視界が制限される。目の動きが再現されているのは、この種のシミュレーションでは常識だ。「眠ることを再現しているバーチャルなんて聞いたことがない。どうやって寝たと判定するのだろう。脳波だろうか。あの棺桶にセンサが装備されているのかな」

「夢を見ているうちに、ソフト開発などができる、と話していましたので……」ウグイが発言した。「寝ている状態を、システムが感知していることは確かなのではないでしょうか」

「ああ、それそれ……」僕は頷く。「フーリさんの話は面白かったね。いろいろ思うところがあった。カプセルの脳は、神経との接続ができているからね。脳のさまざまな状態が感知できる。僕たちの脳は、そこまでオンラインではない」

「そうですね」

「睡眠学習っていうのが、かつてあったんだそうだけれど、睡眠労働が可能だったんだね。面白いなあ。頭脳は休む暇もないってことになるかな。コンピュータだってスリープするのにね」

「もう、どれくらい時間が経過したでしょう?」ウグイが呟いた。

「私の感覚としては、一時間以上」

「アネバネが呼ばれたときは、何時だった?」

「九時まえだったはずです。今は、九時半くらいなのでは?」

「そんな感じかな」僕も頷いた。「私が呼んでいる、とシン氏が言ったんだね?」

「はい」

「そこが、もう怪しい」僕はウグイを見た。彼女は大きく頷いた。「つまり、三人とも、こちらへ来る状況にしたかったわけだね」

「ほかに、なにか言っていなかった?」ウグイがアネバネに尋ねた。

「たしか、先生たちは、市場にいると」

「ログインしたときに、どこに現れるのか、場所を指定できるのかな」僕は言う。「たぶん、仮想空間の座標を初期設定するんだね。君に言ったのではなくて、そうインプットしたんだ。あれ、待てよ……。どうして、アネバネを私たちと同じところへ導いたのかな」

「どういうことですか?」ウグイが首を傾げた。

「べつに、同じところへ三人を集める必要はない。アネバネをログインさせれば、その状態で充分のはずだ、もし私たちを確保したいだけならね」

「ということは、私たちに相談をさせたいからでは?」ウグイが言う。

「なるほど」僕は頷いた。「やはり、この会話を聞いているのかな?」

「困りました」ウグイは呟くように言う。

そういう弱音を吐くなんて、彼女らしくない。おそらく、困っていると相手に思わせたいのだろう、と僕は解釈した。

図書館の柱の間から、女性が現れた。さきほど少しだけ話をしたフーリだ。

僕たちに気づき、彼女は微笑んだ。ベンチの近くを通り過ぎ、道まで一旦《いったん》出たが、そこで立ち止まって、引き返してきた。

「あの、私の家に来ませんか?」彼女は僕に言った。「面白いゲームがありますよ」

僕はウグイを見た。どうしたものか、と思ったからだ。

「ここにいても、しかたがありませんからね」ウグイが答える。彼女らしくない投げやりな判断だ。

なにか、裏があるのではないか、という印象を持った。さきほどのキリナバの素振りからも、そんな感じを受けた。内情を話すな、とリーダから叱《しか》られたように見えたからだ。それにもまして、ゲームに誘うなんて不自然だ。躊躇《ちゅうちょ》した様子もあった。裏があると感じたのは、それらのトータルからの推定である。

僕たちは立ち上がり、フーリについていくことにした。キリナバが、どこかで見ているのではないか、という心配もあったけれど、気にしないことにした。この村は楽園だ、と彼は話していたではないか。そんな悪意に満ちた人間は、楽園にはいないだろう。

「ここは、たしかに理想の世界です」歩きながらフーリが話した。「私のようなタイプの人間は、考えることが人生のすべてで、肉体を維持することが面倒でした。運動も苦手だったし、汗をかくのも嫌いです。フィジカルなものからは抜け出したかった。ずっとそう感じていたのです。ですから、ここの噂を聞いて、自分の残りの人生はここに懸けようと思いました」

「そうですか。もともと先生をされていたのですか?」僕は尋ねた。

「いいえ、私は研究者でした。数学と物理学の中間のようなフィールドです。でも、若いときだけでしたね、通用したのは。歳《とし》を取ると、もう駄目なんです。なので、コンピュータを使った研究へテーマをシフトさせました。それで、そちらのことにも自然に詳しくなりました。今では、ほとんどプログラマです」

「図書館では、何をされていたのですか？」

「外部の情報を得ることができるのは、あそこだけなんです。今でも、世界の情勢には興味があります。特に、自分の研究分野のことだったら、なおさらです。バーチャルの世界だけに浸っているわけにもいきません」

「えっと、どうして、図書館でないと、それができないのでしょうか？」

ここは自由だ、という言葉を聞いていたので、その不自由さが不思議に思えたのだ。

「そういう制限があるのです。なにか、理由があってのことだと思います。おそらく、外部との連絡をあまり緊密にすると、この村の理想が覆される、といった心配なのではないでしょうか」

「そうでしょうか。ちょっとわかりません」僕は首を傾げてみせた。「でも、ソフト開発をするときには、外部と関わらないといけませんよね。外に向けて商売をしているのでしょう？」

「ええ、それはそのとおりです。需要は外部にあります。でも、それは夢の中で処理されているのです」

「ああ、そうか。夢でしたね、リアルでの仕事は」

2

　フーリの家は、レンガ作りの小さな規模のもので、彼女がドアを開けて中に招き入れてくれた。暖炉《だんろ》があり、木製のテーブルや椅子があった。それらの家具は自分で作ったものだ、と彼女は説明してくれた。これは、そういったデータを設定した、という意味で、工具などを実際に使って加工したわけではない。つまり、ノコギリ屑《くず》も出ないし、端材《はざい》も出ない。掃除をすることもない。ここでいう「作る」とは、ただ既にあるデータを修正したり、組み合わせたりするという意味なのだ。工作中に手が汚れたり、誤って怪我をするようなこともないだろう。

　そのテーブルを囲む椅子に、四人が腰掛けた。テーブルの上にはキャンドルがのっていたが、それに火を灯すことはあるのだろうか。あったとしても、それは電球と同じプロセスで灯るのではないか。

「ゲームというのは？」フーリが黙っているので、僕の方から尋ねた。

「今、ゲームをしているところです」彼女は答えた。

　これは、気の利いたジョークだったかもしれない。この村にいることが、既にゲームだ。そして、生きていることも、バーチャルかリアルかにかかわらず、同じくゲームといえるだろう。

「この家の中での会話は、モニタされません。プライベートな空間はそのように設定されています。それから、私たちがゲームをしているように見せかけるダミィのコードを走らせておきました。ときどき使うことがあります。それくらいのことは、ええ、私にはできます」

「えっと、よくわかりませんが、なにか私たちに関係のあることでしょうか?」抽象的な質問を僕はした。

「ドクタ・ハギリにお会いすることができるとは思ってもいませんでした。私は、先生の論文を読んだことがあります。まだ学生だった頃です」

「そうですか。それは偶然ですね。かなり確率が低いと思います」

「ウォーカロンのスクールを出て、一般の大学に進学した頃です。たまたま、そういった恵まれた環境にありました。私を購入してくれた人間の両親は、自分たちの娘を亡くしたので、私にその希望を託したのです」

「その方は、何故亡くなったのですか? 珍しいことですね」

「深海を探検するチームの一員で、事故に遭われて、海の底に沈んだそうです。最後の通信の映像を、私は何度も見ました。両親が毎日のように見ていたのです。そのうち、自然に涙が流れるようになりました。自分のことのようにも感じました」フーリはそこで溜息《ためいき》をついた。「すみません、こんな話がしたかったわけではありません。あの、私は、このテルグの村に希望を持っておりました。ここへ来たときは、たしかにそうでした。でも、今年で五年になりますけれど、どうも、ここは違う、いえ、間違っている、と思うようになりました」

彼女を家族として迎えた両親はどうしているのだろう。そんな恵まれた家庭から離れ、何故ここへ来たのだろう。そんなことを考えながら僕は聞いていた。しかし、プライベートなことなので、あまり突っ込んだことはきけない。

数秒間、彼女は黙って下を向いていた。話しづらいことなのだろうか。

「間違っている、というのは？」僕は、彼女の話を促した。「なにか不満があるという意味ですか？」

「いえ、不満は当然ありますけれど、それは自分たちで築いていく過程であって、克服しなければならない課題というだけです。そうではありません。この村の環境ではなく、この村の成立ちというのか、このシステムを支えているバックボーンに疑問を感じているのです」

彼女の口調は、一つ一つの言葉を吟味して使っているような慎重さがあって、知性に満ちた洗練された響きがあった。冷静で穏《おだ》やかでありながらも、情熱的だった。

「外部に向けて情報をアウトプットすることは、ここにいるかぎり不可能です。図書館で読むことができるものも、おそらく誰かが選んでいて、制限されたものだと思います。いえ、その不自由さも最初からわかっていたことです。ただ、そのときは知らなかった大事なことが……。ここは、富の谷と呼ばれていますけれど、その名のとおり、富を生産しているのです」

「ソフト開発の仕事が、繁盛しているということですね?」

「そうではありません。もっと、その、いけないことをしているのです」

「いけないこと?」

「私がここに来る以前から、ずっとそうだったようです。私は、コンピュータ上で孵化する卵のプログラムを担当しています。これは、ネット上を漂流して、偶然にも留まった場所で、長い時間を過ごします。そして、あるとき、条件が揃えば、孵化するのです。卵はごく小さく、見つかる可能性はとても低い。潜伏期間が長く、プロテクトの網に引っ掛からない。孵化すると、しだいに卵どうしが集まって、やり取りをし、目的を実行できるまで成長します。無数にあるうち、そこまで育つのは何十万個に一つですが、それで充分なのです」

「どのような目的を持っているのですか?」

「各種ありますが、基本的には、情報を探り、それを指定されたところへ送り届けます。特定の対象に向けて攻撃的な工作を行うことも可能です」

「なるほど。それはいけないことですね」

「はい。厳密には違法になります。しかし、これを作ることができるのは、ここだけが持っているノウハウがあったからなのです」

「どんなノウハウですか?」

「詳しくは話せません。簡単に言えば、どんな鍵《かぎ》も開けることができる万能の合鍵を持っているのです。何故そんなことが可能なのか、それはたぶんずっと昔、コンピュータやネットの萌芽期《ほうがき》からそうだったのだと思いますけれど、それを、ここが何故使えるのか、それは私にはわかりません。でも、ずっと前から、やり方は変わっても、キィとなる部分は同一です。ここは、その恩恵を受けて、世界中から富を集めることができます。たとえば、世界中の価値、お金とか貴金属とか、あるいは株とか、そういったものに、微小な税金をかけているようなもので、小数点以下三桁《けた》くらいの金額を集めることができます。何の苦労もありません。自然にここの資産が増えていきます。この国が、ここを治外法権としているのも、その利潤から高額な税金を取ることが可能だからです。また、長くこんな悪事が秘密裏に存続したのは、常に自制して、大きな悪事を働かなかったからで、個々のサーバでは誤差範囲になってしまう塵《ちり》を集めたからなのです。この説明で、ご理解いただけますか?」

「ええ、わかります。しかし、どうやって貴女はそれを突き止めたのですか?」

「数学的に導き出した結論です。最初は、金融機関が使っている税率などの計算式とプログラムの処理結果の違いに気づきました。この誤差をどう処理するのだろう、と疑問に思ったのです。それから、私が担当している卵も、同じように世界中のシステムに入り込むことが可能で、この処理が似ている。用意されている小さな穴が世界中にあって、どちらもそこを通っています。ですから、私は自分のために、卵を放ちました。それらが、世界中で行われている処理のデータを集めてくれました。さきほど、図書館で閲覧していたのも、その結果の一部です。卵が孵化して、証拠となるデータを私のところへ送ってきます。暗号化されているものです。それを、私はあの図書館で毎日受け取っているのです」

「そのデータは、証拠として充分ですか?」

「はい。充分だと思います」

「では、ここのシステムを告発されるのですね?」

「それは……、私にはできません。私は外に出ることができません。それに、そんなことをしたら、私は抹殺されてしまうでしょう。私は、ここでは安全に暮らせますが、躰はありません。脳は、ご覧になりましたか? あそこで飼育されているのです。管理しているのは、シンです。彼がスイッチを切れば、それで私の人生は終わりです」

「そうですね。実は、今の私たちも、それに近い状況だと認識しています」僕は話した。

「いえ、ドクタ・ハギリ、同じではありません」フーリは首をふった。「先生には、ボディがあります。それに、外部との連携もある。こちらへ先生方が来ていることは、外の誰かがご存じですよね？　もし先生方が戻ってこなければ、捜索されるでしょう。シンも、簡単に先生をここに閉じ込めることはできないのではないでしょうか。そのリスクは大きいと思います」

「もしかして、その悪事を探るために、私たちが来た、と勘違いしたのかもしれません」

「というよりも、それを疑って、ここに放して、様子を観察しようとしているのだと思います」

「なるほど、それはありそうです」僕は頷いた。「どうすれば良いでしょうか？　そういった素振りを見せないで、ここで、村の調査をし続ける、ということかな」

「なんとか、外と連絡が取れる方法はありませんか？」ウグイが尋ねた。「外部とつながっている部分もあるのでは？」

「図書館が、最も外部に近い場所です。でも、リアルタイムではないし、制限がかかっています。中から外へ信号を発することはできません」

「どうして、そんな不自由なシステムにしたのでしょうね」僕は尋ねた。

「やはり、最初から秘密保持が大原則だったのです。ソフト開発の仕事ですから、そういった制限はあるだろうと思っていました。ですが、必要な場合には連絡ができると考えていたのです」

「できないのですね？」

「シンに依頼すれば、連絡をしてはくれます。たとえば、家族などへの手紙はそうやって、彼を経由しています」

「検閲のようなものですね」

「そうです。そういったことに気づいたのも、最近になってからのことです。もしかしたら、私が出した手紙は届いていないのかもしれません。家族からは一切返事は戻ってきません」

「失礼ですが、ご両親は、ご存命ですか？」

「はい、たぶん……」フーリは下を向いた。感情を抑えているのだろう。しばらく言葉がなかった。「両親は、私のことを憎んでいるだろう、と想像しています。せっかく家族に受け入れられたのに、黙って出ていってしまったのですから。あの……、私は、彼らの期待に応えられなかった。だから、ここへ、逃げてきたのです。ボディを捨てる決意をしたのも、この世にはもう未練はない、と考えたからでした。でも……、それは……」

「間違っていましたか？」僕はきいた。

「わかりません」彼女は首をふる。「そんなに簡単に結論は出せないと思います」

彼女は、自分の躰を放棄する決断をしたのだ。簡単ではなかったことは想像がつくが、後悔しないという自信がおそらくあっただろう。彼女の気持ちが変化したのは、このシステム、この村の秘密を知ってしまったからなのか。

僕はウグイを見た。

「どうしたら良いと思う?」

「とにかく、外部と連絡をつける方法を見つけるしかないと思います」ウグイが答えた。

「シン氏以外には、誰がここの秘密を知っていると思いますか?」僕はフーリに尋ねた。

「リーダのキリナバは、たぶん知っていると思います。彼は、シンの忠実な部下ですから」

3

フーリの家に長時間いると、外側の世界から観察しているシンに怪しまれるのではないか、と考えて、僕たちは外に出た。フーリが途中まで案内する、と言ってついてきた。

「このまま、ここにいると、私たちの躰はどうなるのかな」僕は、努《つと》めて陽気な口調で話した。「まず、腹が減るとか、トイレに行きたくなるとか、生理現象が表れるはずだけれど」

「なんらかの刺激を躰が受けた場合に、今の状態から醒《さ》める可能性はありませんか?」ウグイがきいた。これは、僕に対してなのか、それともフーリに対してなのかわからなかったが、どちらもすぐには返事をしなかった。

棺桶の中でゴーグルをした状態では、通常、意識はある。寝ているわけではない。たとえば、バーチャルの世界で話をすれば、棺桶の中で実際にしゃべっている。睡眠に近い状態になっても、寝言を言っているはずだ。躰の筋肉も、実際に手足を動かそうと緊張するかもしれない。目は、ゴーグルのモニタを見ているし、耳はフォンからの音を捉えているのだ。ここまでが、一般的なバーチャルシステムの仕組みであって、このタイプならば危険もなく、いつでも自分の意思で現実に戻ることができる。

しかし、今のこれは少し違っている。

最初は気づかなかったけれど、おそらく、脳波や神経系の微弱な信号をキャッチして作動しているのだろう。これは、医療機器でしか認められていないレベルのものである可能性が高い。それだけ危険が伴うからだ。しかし、ここにはそういった法律は無関係なのである。

つまり、このバーチャルの村、テルグで時間を過ごすことで、しだいに脳や神経とこのシステムの間で、ショートパスが形成される。そうなると、網膜ではなく視神経とやり取りをするし、筋肉も実際に動く手前の微弱な信号で、バーチャルの手足が動くようになるはずだ。すなわち、普段夢を見ているのとほとんど同じ状態になる。人間の躰は、省エネを好む。弱い信号で肉体が作動するならば、その方が楽だから、自然にリアルの肉体は眠りにつき、バーチャルの肉体の反応で、自分は動いていると錯覚する。同時に、センサである目や耳も働かない状況になるだろう。夢の中で走っても、足は動かない。現実の音を聞いても、目覚めることがない。

僕は、そんな漠然とした話を、ウグイにした。

「ある程度以上の刺激が、その眠りの深さの閾値《しきいち》を超えないかぎり、このままだ」

「でも、寝ていても手足を動かすことがあります」ウグイが言った。「夢の中で強い刺激があれば、目が覚めることもあります」

「そう、だから、それが閾値を超えた場合だね。外の世界からの刺激であれ、バーチャルの世界での刺激であれ、強くなるほど、フィジカルな反応を励起《れいき》することになる。夢の中でのことなのに、びっくりして、急に実際に手を動かしたりすることがあるよね」

「では、ここで、強い刺激を受ければ、目が覚めるのでは？」ウグイがきいた。

「頬《ほお》を抓《つね》ってみたら？」僕は言った。

ウグイは、自分の手を抓った。頬ではなかった。

「駄目ですね」彼女は首をふった。「そもそも、痛いとも感じません」

「安全側に設計されているのだろう」

「はい。この村では、自分も他者も、傷つけることはできません」フーリが言った。「危険な行為は、警告されます」

「へえ、誰に?」

「たとえば、高いところに上って、そこから飛び降りると、落ちることは落ちるのですが、ある程度の速度よりは速くなりません。そこで、設定外の行為である、というエラーになります。そういった声を聞くことになります」

「なるほど、神様が守ってくれるわけだ。重力加速度も制限されているのか」

「これは、私たちも議論をしました。スポーツを楽しんでいる人たちは、もの足りない面があるようです。何をしても安全で怪我をすることがありませんから、スリルのようなものが味わえないことになります。私は、スリルなんて大嫌いなので、それで良いと考えていますが」

「同感だね」僕は頷いた。「ウグイは、駄目だろう。向いていないと思う」

「はい。そう思います」ウグイが素直に頷いた。「それよりも、自分の肉体を捨てたのにスポーツをする、というのが信じられませんが」

「肉体的な個体差は、データに反映されているのですか?」珍しく、アネバネが質問した。黙っていても、ちゃんと話を聞いていたようだ。

「もちろんです」フーリは頷く。「意識は、自分の肉体の特性を基本としていますから、最初にそのデータを用いることになります。でも、ここで過ごすうちに、自分の思っている方向へ変えていくことができます。鍛《きた》えることができますし、体形を変えることも自由です。その理由で、ここでもスポーツが存在するわけです」

「私は、そもそも、この世界がどこまであるのかを知りたい」基本的な質問を僕はした。

「村を出て真っ直ぐに歩いていったら、どうなるのですか?」

「村から出ることはできません。境界があって、行けるのは、そこまでです」

「海も山もない?」

「ありません。天気も、雨や雪はありません。晴れと曇りだけです」

都合の悪い自然は取り入れられていないということらしい。雨がなければ、作物が育たないが、ここには農業の必要がない。川は流れていても、魚を獲《と》ることはできない。それは、見て楽しむだけの川なのだ。スポーツとしてフィッシングがしたければ、そういったデータを整えることになる。

しかし、それらは現実の世界でもほぼ同じだろう。現代人の多くは、都会に集中し、高層のマンションで暮らしている。自然は、とっくに眺めるだけの存在になっているのだ。農業といっても、今は農場ではなく工場が主体になったし、また食品だって、何から作られるのか大衆はほとんど意識をしていない。自然のままで口に入るものはレアな存在になってしまった。

情報が自動的に個人の中へ流れ込む時代になったのだから、食べもの、つまり栄養でさえ自動的に躰に供給された方が便利だ、と考えている人もいるだろう。充電と同じ感覚で、食事を捉えている人が多数ではないか。永遠の命を得た現代人は、健康を維持するためのコストや時間が無駄なもの、と感じ始めている。ここの村人のように、肉体を放棄してしまえば、それは究極の合理化かもしれない。脳へのエネルギィ供給は、オンラインになる。放っておけば良い。意識だけが自由に電子空間で活動できる、というわけだ。

これは、つまり、デボラたちトランスファと同じ存在に人間がなる、という未来だろうか。

今、このテルグで暮らしているのは、全員がウォーカロンらしいが、人間でももちろん同じことが可能だ。ウォーカロンの方が、人間よりも先進的だった分、現実社会との柵《しがらみ》がなかった分、理想の世界へ飛び込んでいくことに躊躇がなかったのだろう。

フーリは、親しい友人を紹介する、と話していたが、その目的の家の前に到着した。彼女が玄関をノックすると、中から中年の男性が顔を出した。黒人でメガネをかけている。茶色のスーツにネクタイを締め、インテリっぽい風貌だった。フーリが僕たちのことを紹介してくれた。この村から出たいのだが、方法がわからない、という事情も話してくれた。

彼は、名をガロンといい、かつては病院に勤務する医師だった、と自己紹介した。「ここでは、医者は必要ないので、失業中です」彼は両手を動かしながら話した。「ときどき、フーリに教えてもらって、ソフトの仕事を手伝っていますが」

家の中へ招き入れられた。暖炉で炎が燃えている。寒くも暑くもないので、たぶん意匠的な意味なのだろう。

「ここも、プライベート空間です」フーリが言った。「彼は信頼できます。私たちは、よくそのことで話し合っているのです」

「本来、議論は自由だし、監視されるような対象ではありません」ガロンは肩を竦めた。「どんな思想を持っても良いし、なにを発言しても良い。しかし、ここでは、いつの間にか、それができなくなってしまった。おそらく、シンが歳を取って、保守的になったのでしょう。富の谷の永遠の富に、目が眩《くら》んだのです。とても残念なことです」

「シン氏は、なにか贅沢《ぜいたく》をしているのですか？　見たところ、そんな生活をしているようには思えませんでした。高齢ですから、自分の躰には、ある程度費用がかかるかもしれませんが……」僕は話した。「彼は、村の管理をしているのでしょう？　皆さんを監視しているのかもしれませんが、悩みを聞く、神父のような仕事だと言っていましたよ」

「彼を監視する仕組みを作らなかったのが、間違いでした」ガロンは言った。「私たちは、彼を信頼していた。だが、人間は変わります。ウォーカロンよりも、弱い部分がある。魔が差すという言葉がありますよね」

「何に魔が差したのでしょうか？」

「それはわかりません。こちらにいる私たちには、彼の生活を監視することはできない」

ガロンは続ける。「しかし、数日姿を見せないことがあります。また、ときどきここにやってくる技師のリンデムは、シンは数日村から出ていくことがよくある、と話していました」

「リンデムなら、私たちも会いました。彼は、この村には住まないのですね」

「ハードのメンテナンスが仕事なので、必然的にそうなったのです。ほかにも、数十人、ボディを持って生活している者がいます。彼らは、こちらに別荘を持っていて、休日になると訪問してきます。今の、貴方方《あなたがた》のようにです」

「では、そういった人に、コンタクトすれば、外界へ連絡が可能かもしれませんね」僕は言った。けれども、そんな機会がすぐにあるのかどうかはわからない。棺桶の三基を僕たちが占有しているので、新たな外来者の訪問はハード的に不可能だという可能性もあるだろう。

4

フーリやガロンの話を聞いて、この理想的な村でも不満を抱く者がいることがわかった。しかも、彼らはウォーカロンだ。人間よりはストレスに対する耐性が高いと一般に認識されている。性格は素直で、環境に順応しやすい、とも言われている。それは、ウォーカロン・メーカの宣伝文句かもしれないが、実際に、そういった遺伝子の細胞から作られているだろうし、さらにポスト・インストールによる修正が可能であるのだから、誇大広告ともいえないだろう。僕自身、ウォーカロンには誠実なタイプが多いと感じていた。フーリもガロンも、いたって誠実な人柄に見える。それに、不満があるからといって、短絡的な行動を起こそうとはしていないようだ。その点でも、やはりウォーカロンらしいといえるかもしれない。

村の時刻で、午前十一時になった。現実の時刻と一致している保証はないが、たぶん、そのままだろう。ということは、ここへ来て三時間近い時間を過ごしているし、シンがいなくなって二時間になる。

トラブルという可能性は低くなった。もしトラブルならば、なんらかの連絡があるだろう。連絡手段がない、というトラブルは考えにくい。つまり、意図的に僕たちを閉じ込めているのだ。

いよいよ危機感が増してきた。ウグイもアネバネも苛立っているのがわかる。彼らが得意とする手が打てない、というもどかしさがあるだろう。幸い、ウグイは僕を責めなかった。この村に滞在するときに、彼女は反対したのだ。いつものように、僕が悪いといえなくもない。しかし、こんな状況は予想できなかったのも事実だ。

フーリとガロンと別れ、僕たち三人はまた図書館へ戻ることにした。あそこで、外部を覗くことができる。そこに打開策、あるいはヒントがあるのではないか、と僕は考えた。

ウグイは、直接シンに対してメッセージを送るべきではないか、と言った。早くここから出してほしい、と訴えるべきだと。

「もしかして、我々が苦痛に感じている状況がわかっていないのかもしれません」彼女は言った。少し早口で、神経が高ぶっていることがわかった。

「どうやって?」僕は当然の質問をする。「もし、私たちの動向を監視しているのなら、こちらがどう感じているかは、充分にわかっているはずだ。もし、監視していないのなら、こちらのメッセージに気づくとは思えない。なにか急用があって、持ち場を離れたのかもしれない。村から出ていくことがよくあるという話だったじゃないか」

「あれは、どういったことだったのでしょう。富を集めて贅沢をしている、とも言っていましたが」ウグイは言った。

「私が騙《だま》されたのが、最大の原因です」アネバネが突然そう言い、頭を下げた。「申し訳ありません」

「そんなこと、誰も思っていないよ」僕は笑って言った。

「私は、正直、そう思っている」ウグイは笑わなかった。「何のために一人残ったのか、という職務を忘れたといえます」

「そのとおりです」アネバネが、もう一度頭を下げる。「だから……」

「しかたがない。うん、今、そんな話をしてもしかたがない」僕は睨み合っている二人の間に入った。「やめなさい」

ウグイは、アネバネから視線を僕の方へ移し、小さく頷いた。アネバネは、あちらを向いてしまった。

図書館の柱の間を通り抜け、室内に入った。モニタの前には誰もいない。僕は右端の一台の前に座った。ウグイとアネバネが後ろに立っている。

「さて、何をしようかな……」と独り言を呟く。

「とりあえず、この村のことを詳しく調べてはいかがでしょうか？　どんな施設があるのか、とか」

「そんな観光ガイドみたいなものがあるのかな。いや、それよりも、日本のことを検索してみよう」

手や目の動きを感知する類の入力装置はない。口頭でインプットする方法しかないようだ。

「サーチ・ドクタ・ハギリ」と言ってみた。

すると、僕のプロフィールがモニタに表示される。だいぶまえに学会に提出したデータだった。研究テーマのキーワードや、著作のリストなども初めの部分だけが見えている。

「わりと、有名なのかな」とジョークを言ってみた。

自分自身にメッセージが送れないか試してみたが、エラーが出た。やはり、参照するだけで、外部に向けての発信には権限が与えられていない。けれども、僕はそこである可能性を思いついた。

まず、ニュークリアについて検索する。一般公開されているサイトなどのリストが表れる。次に、チベットのアミラについて検索した。これは、秘境の地で発見された古いスーパ・コンピュータのことだ。しかし、こちらについては、有力な情報は得られなかった。そもそも、存在自体がまだ知られて間もないし、多くのことは公開されていないため無理もない。

フランスのベルベットについても検索をした。事件があったので、それを報道するニュースは見つかった。

「何をされているのですか?」後ろからウグイがきいてきた。

「いや、ちょっといろいろやってみようと思って……」

「ここから、どれくらい世界が見られるかを試しているのですか?」

「うーん、まあ、そんなところだね」僕は答えたが、実は全然違った意図からだった。

次に、デボラについて検索した。それは、ネット上に棲息《せいそく》しているトランスファと呼ばれる知性の名だ。幾つかキーワードを変えて試してみると、数々のリストが表示され、それらを見ていくうちに、ある映像が目に留まった。それは、ナクチュのリーダであるカンマパの写真のようだった。ただ、ファッションがかなり違っている。髪型も異なる。しかし、頭に付けているリングは同じだった。

「これって、カンマパだよね？」僕は振り返ってウグイにきいた。

ウグイは、モニタをじっと見ている。片手が顳顬に行ったが、その効果がないことに気づいて手を戻した。

「似ていますね」ウグイは応える。

その写真の出所を調べると、デボラという名が記されていた。もちろん、その名で検索をしているのだから、当然である。元データは表示されない。削除されたのだろうか。写真だけを第三者がコピィして使用した、そのデータが残っていたようだ。

その顔を見ているうちに、新たな写真が一つモニタに表れた。小さなウィンドウだが、動画のようだ。カンマパ似の女性が、ゆっくりとこちらを向き、なにか話す。しかし、声が出ない。音を大きくするように設定をし直してもう一度見ると、「フーリの家で私と会えるでしょう」と日本語で話した。

突然のことで驚いたが、もう一度再生しようとすると、もう映像自体が消えている。

「見た？」僕はウグイに言った。

彼女は頷く。アネバネも頷いた。

「どういうことですか？」ウグイが尋ねる。

「わからない。でも、仮説はある。あとで話す」

5

羊が沢山いる牧場を左手に見ながら、僕たちは歩いた。

ウグイにはまだ言えないが、僕は手応えを感じていた。つまり、デボラだ。ネット上を自由に飛び回るプログラムである。彼女は、僕たちとの連絡が取れなくなったことを、ニュークリアの人たちと同様に気にかけていただろう。この国のネットで、僕たちを追跡した可能性もある。おそらく、カメラが設置された国道までは足跡が辿《たど》れただろう。しかし、ここは岩の中だ。電波は届かないし、外部との通信も制限されている。

だが、テルグの図書館は、一方通行であれ、ネットからデータを参照できる。参照できるということは、データを読み込んでいるわけだ。したがって、あのモニタのシステムに、デボラは入ることができるだろう。ただ、なにもできない。見ることも、聞くことも、それに、ここのウォーカロンたちを操ることもできない。テルグの人たちは、バーチャルで再現されているだけだ。彼らの脳は、外の部屋にある卵型のカプセルの中だ。そこはネットとは通じない空間だから、デボラは侵入できない。

もし、可能性があるとすれば、村人たちが夢を見るときだろう。夢の中で、ソフト開発の仕事をしている。そのときは、外部のネットと双方向につながっている部分があるはずだ。そこが、狙い目の一つといえる。

また、少なくとも、モニタに侵入したデボラは、僕たち三人の状況がわかっただろう。それは、あの図書館の端末に入力した音声から察することができる。

デボラは、次に、ここで僕たちとコミュニケーションを取る方法を演算するはずだ。トランスファの知性は人間以上、数秒で最適解を弾き出すにちがいない。

僕は、数秒では考えられなかった。でも、何分かは思考した。デボラは、この地へネットの端末を送り込む方法を模索するだろう。その場合、まず僕たちの行動をトレースする。占い師に接触し、カレー屋で倒れた男を調べる。そして、ローリィに気づくはずだ。ローリィはウォーカロンではないし、おそらくチップを頭に入れていない。彼をコントロールすることはできないから、彼の近くにいる者を使うだろう。占い師のマグナダの周辺か、それともバイク屋のトミィか。マグナダは人間だとしても、通信チップを内蔵しているはずだ。あるいは、ネットに通じている水晶玉を利用するかもしれない。いずれも、占いをするのに、その種の機能は有効だ。おそらく、デボラは、マグナダからローリィに指令を与える方法を取るだろう。

ローリィは言われたとおり、またここへやってくる。なんらかの通信機を持ってくるはずだ。それがマグナダの指令だからで、その装置は、リンデムへのプレゼントという名目になっているかもしれない。デジタルラジオでも、ルータでも良い、車やバイクに付けるナビゲーションでも事足りる。その種の通信端末であれば、デボラは入ることができる。

あるいは、ローリィを使って、リンデムを屋外に誘い出す方法が考えられる。屋外に出れば、衛星を経由して、リンデムの中に入ることができるだろう。この方が簡単ではあるけれど、条件が揃わない確率が高い。衛星の軌道によって、数秒間から数分間の空白があるからだ。また、ローリィが上手くリンデムを誘い出せるか、という問題もある。それに比べれば、なんらかの通信ルータを持ち込むことの方が成功確率が高いだろう。

岩を透過するのは波長の長い電磁波が適している。そういった条件で、装置が選ばれるはずだ。これで、デボラは、リンデムをはじめ、この地下の中に潜んでいるウォーカロンを支配できるだろう。

乗り移ったウォーカロンをコントロールして、僕たち三人の躰が眠っている棺桶を見つける。しかし、この対処は簡単ではない。スイッチを切れば良いというものではない。意識がこちら側で覚醒している状態だからだ。意識と躰のタイミングを測って接続を切る操作が要求されるはずだ。シンが近くにいるかもしれないので、その対処にも時間がかかる。

僕が考えた仮説は、ざっとここまでだ。これをデボラは一瞬で演算し、即座に実行に移すだろう。おそらく、もうマグナダは、ローリィと連絡を取っている。都合の良い装置がすぐに用意できるだろうか。あのバイク屋にあったデジタルラジオが機能としては適している。あれを借りて、またバイクに乗ってこちらへ向かう。僕と一緒のときよりはずっと速いはずだ。それでもあと一時間半か二時間はかかる。

デボラは、フーリの家で会えると言った。それは、プライベートで外部から参照ができないエリアで、という意味だろう。当然ながら、シンの監視の目が届かない方が都合が良い。モニタに侵入したデボラは、既にテルグの状況を把握している。ただ、それを外部には送れない。

いろいろなことが上手く運んでくれることを、僕は願った。

願ったというのは、神に祈るという意味ではない。単に、そうだったら良いな、という希望にすぎない。なにか見落としがないだろうか、としばらく考えながら歩いた。もしかして、僕が思いつかないような方法を、デボラが演算で弾き出す可能性もある。どんな方法が考えられるだろう。

「どこへ向かっているのですか?」横を歩いているウグイがきいてきた。

「え?」僕は立ち止まった。「いや、考えごとをしていて……、特にどこへ行こうとも……」と答えながら周囲を見渡すと、教会の塔が近くに見えた。「あそこへ行ってみようか。教会で懺悔《ざんげ》をしたりするんじゃないかな」

「ざんげ? 何ですか、それは」ウグイがきいた。

「知らない？　神父にいろいろ告白するんだよ」

「さきほど、そんな話をされていましたね。人生相談みたいなものでしょうか？」

「まあ、そうかな。いや、私も本当のところは知らない。経験もないしね、実際に見たこともない。でも、映画なんかで出てくるんだ。罪を告白して、神に許してもらう、そう言う儀式だと思うけれど、もっと、なんというのか、怒りや不満なども聞いてもらえるんだね、そういう欲望みたいなものも、つまり罪なんだよ」

「罪というと、違法な行為だと思っていましたが」

「うーん、そういった法律がしっかりとまだ決まっていない時代から、罪はあったんじゃないかな」

「告白したら、許されるわけですか？　それは、ちょっとどうかと思います。あ、神父がそれを聞いて、こっそり警察に知らせるという仕組みだったのですね？」

「そうじゃないと思う。そんなことをしたら、誰も告白しなくなるだろうね。ただ、神に対しては嘘をつけない、と信じられていたから、そうやって、教会の権威みたいなものを築くシステムだったんだと思う。神はなんでも知っている、でも、実は神父が耳にした情報だ、というわけ」

　建物に近づき、開けたままになっている入口から中を覗いた。シンに案内されてここへ来たとき、キリナバに会った。彼はこの建物から出てきたように見えたが、今は中には誰もいないようだった。

教会の建物は、明らかにヨーロッパの歴史的建築を真似たものだ。もしかしたら、そっくりそのままかもしれない。こういったデータは、一般に公開されていることが多い。キリナバは、もともとは建築家だったと話していた。自分の好きな建物をいつでも、資金も労力も使わず建てることができるのだ。それは、夢のような話かもしれないが、しかし反面、夢そのものであって、やり甲斐を感じられないだろう、と想像できる。あまりにも、苦労が少ない、便利すぎる。だから、おそらくそういった作業に、仮想的に忍耐や苦労を設定するのではないだろうか。時間をかけないとできない、何度も繰り返し労力をかけなければならない、とゲームのノルマのように条件を設けることでしか実感できない。

ステンドグラスが綺麗だった。たぶん、実物よりも綺麗だろう。天井にも見事な絵画が描かれていた。懺悔室がどこなのか、と探したが、それらしいものは見つからない。

「ここじゃないでしょうか」とウグイが呼んだので、そちらへ行く。

「あ、そうそう、これかな。なんかね、切符売り場みたいな感じなんだ」

「切符売り場って、何ですか？」

「いや、映画で見ただけで、実物は知らない」

壁際に小部屋があって、一人が入って座れる椅子が中に置かれていた。壁に小さな窓が開いている。上にスライドする戸もあった。一度そこを出て、壁側の方へ回ると、通路側でドアが見つかった。それを開けて中に入る。ちょっとした休憩室のような感じで、寛《くつろ》げるソファや、書棚なども置かれている。さきほどの窓は、パーティションに囲われた中にあって、やはり椅子があった。ここに神父が座り、むこうの小部屋に入って村人が告白をするのだろう。

「シンが、ここへ来て、この仕事をしていたわけだね」僕は言った。

本棚には、聖書や雑誌が並べられていたが、これは開いて見ることはできなかった。単なる飾りだ。聖書くらい実用的なものを用意すれば良いのに、とは思った。でも、自分でそのデータを用意するのは面倒だ、とも感じる。

通路に出たところで、声をかけられて振り向く。キリナバが立っていた。

6

「そこで何をしているのですか?」彼はきいてきた。睨むような目つきだったが、口調は穏やかで紳士的だった。

「いえ、見学をしているだけです。ここでシン氏が、村人の話を聞かれるのでしょうか?」

「ええ、そうです。しかし、最近はほとんど使われていません。村人は、懺悔をするような悩みを持っていないし、ここではそのようなマイナスの感情が生まれないからです。ときどき、私も神父の役目をして、話を聞くことがありますよ」

「たとえば、どんな話を聞くのですか?」

「たわいないものばかりです。むしろ、もっとこうしてほしい、というこの村のシステムに対する要望の方が多いですね。そういうのを聞くのは、べつにここでなくても良いわけなんですが、やはり、ちょっと人に知られては恥ずかしい、という内容もあるわけです」

「それはあるでしょうね」

「ところで、まだ、ここを出ることができませんか? 技術者にきいてみたのですが、やはり知らないようです。シン氏は、なにか急用があったのでしょうかね。私もメッセージを送ったのですが、返事がありません」

「どうやって、メッセージを送るのですか?」

「それは、リーダにだけ特別に許されているものなので、具体的に申し上げることはできませんが、つまり、簡単な信号です」

「そうですか。呼んでも返事がないということは、これまでにもありましたか?」

「それは、よくあります。彼にも、もちろんプライベートな時間があるわけですから」

しかし、日中だし、訪ねてきたゲストを案内している最中ではないか、と僕は考えた。

「そうですか、まあ、待つしかありませんね」

「ゆっくり、楽しんでいかれるのが良いかと」

「ありがとうございます」

社交辞令をぶつけ合って別れることにした。フーリが語ったキリナバの印象を聞いたので、最初に会ったときとはずいぶん違う人物に見えた。どことなく、冷たい感じがするし、なにか隠していそうなタイプではある。そう見えてしまうということだ。

少し歩いたところで、キリナバに呼ばれた。彼はこちらへ走ってきた。

「フーリは、ちょっと変わり者でして、悩みを抱えているようなんです」キリナバは言った。「現実の世界でストレスを味わって、少々ダメージを受けてこちらへ来ました。その……多少妄想めいたことを言うかもしれませんが、どうかお気になさらないように」

「へえ、そうなんですか。いえ、ゲームを見せてもらっただけです」僕は嘘をついた。理想の国でも嘘は簡単につけるようだ。

「大丈夫ですよ、もうすぐ戻れます」キリナバは笑顔で片手を上げた。

教会から離れて、丘へ登っていく道を進んだ。ここは初めての場所だった。小高い丘の上まで来ると、村を一望できた。再び、市場の方角を目指して歩く。そのあと、フーリの家を訪ねよう、とウグイに話した。

「すぐにも、フーリのところへ行った方が良いのでは？」ウグイは言う。「彼女が待っているかもしれません」彼女とはデボラのことだ。

「いや、時間がかかるんだ」

「どうしてですか？」

「時間がかかる、それが現実というものだから」

ウグイが首を傾げた。意味がわからないのだろう。もしかして、気障《きざ》な台詞《せりふ》に受け取られてしまったかもしれない。これは、僕の印象にとってマイナスだったのではないか、と塵《ちり》くらい小さな後悔をした。

「まだ時間があるから、ここで一休みしていこう」僕は、道から草原に入り、草の上に腰を下ろした。そして、空を見上げてから、背中も地面につける。「そうだ、ここで寝てみようか。試してみる価値があるかもしれない」

「寝られるでしょうか」と言いながら、横にウグイが座り、そのむこうにアネバネが腰を下ろした。

「状況は芳《かんば》しくないけれど、でも、長閑だよね」僕は目を瞑って言った。

「長閑でしょうか。心配なことが沢山あるのに、なにもできないなんて、本当に疲れます」ウグイは溜息をついたようだ。「こんなことを想定した訓練なんて、受けていませんから……。ね？」

最後の「ね？」は、アネバネに言ったようだ。僕は見逃した。彼はどんな反応をしただろうか。

しばらく、話さずに静かにしていたが、やはり眠れなかった。僕は、そもそも寝付きが悪い方なのだ。

目を少しだけ開けて、隣を見ると、ウグイは目の上に腕をのせていた。眩しさを避けているのだろう。アネバネは見えない。しかし、寝てはいないだろう。

風はない。音もしないし、空気も流れていない。そういったデータはない、ということだ。

しかし、遠くから呼ぶ声が聞こえた。

「ドクタ・ハギリ」とまた聞こえる。

夢ではない。僕は起き上がって、声の方向を探した。

道を走ってくる女性が見える。みるみる近づいてきた。フーリだ。彼女が到着するまでに、僕たち三人は立ち上がっていた。

フーリは、長い距離を走ってきたようだが、特に息切れをしている様子もない。ここでは、それが普通なのだ。

「ドクタ、捜しましたよ」

「どうしたのですか?」

「私の家にいらっしゃって下さい」

「ええ、行こうとは思っていましたが……」

「もっと早くいらっしゃらないと……」

なにか理由があるようだが、それが言えないみたいだ。とにかく、僕たちは彼女に急《せ》かされて、道を市場の方へ下っていった。

その途中で、牧場の柵に腰掛けている青年に出会った。急に、フーリが立ち止まった。

「こんにちは、フィガロ」フーリが声をかける。その青年のことだろう。

ギリシャ神話の彫像みたいに、整った顔立ちの若者だった。質素な服装だが、帽子は洒落《しゃれ》た形である。角笛を胸にぶらさげている。彼女の呼びかけに、無言で頷いた。

「ごめんなさい、ゆっくり話がしたいけれど、今、ちょっと急いでいるの」フーリが言う。

「どうして、そんなに急いでいるの?」フィガロがきいた。

「この方たちと話したいことがあるの、ある数学の問題について」

フィガロはそれを聞いて、微笑みながら頷いた。

フーリは再び歩き始める。僕もそれに従った。

「今の彼は? ちょっと変わった雰囲気だったけれど」彼女の横まで追いついて尋ねた。

「フィガロは、あの牧場の羊の世話をしています」

「でも、羊は本物じゃない。羊飼いなんていらないのでは?」

「無駄なことでも、大切なものはあります。あの人のように、綺麗な心の人はいないわ」

なにか特別な感情を抱いているようなので、これ以上詮索《せんさく》しない方が良いだろう、と思えた。

無駄な仕事といっても、羊のデータを整え、景観を作り出す仕事をしているのかもしれない。勝手に納得することにしよう。

「仕事をしていない人もいるのですか？」僕は一般的な質問をフーリにした。

「それは、夢の仕事のことですか？　その仕事をしている人は半分くらいではないかと思います。よほど親しいとか、仕事で協力関係にある、といったときしか、仕事の話はしません。夢の話って、そうじゃないですか？　ですから、実際にどれくらいの人数がソフト関係の仕事をしているのか、ほかにも夢で行う仕事があるのか、私は知りません。話題になったこともありません。それから、この村での仕事でしたら、全員がなんらかの業務を持っているはずです。遊んでばかりいる人はいません。あ、でも、ドクタは、フィガロのような仕事が無駄ではないか、という意味できかれたのですね？」

「いえ、そうでもありません。バーチャルの世界なのですから、バーチャルでの業務があると思います。実社会とまったく同じです。ダンスをするだけの仕事をしている人だっているのですから、見る人によっては、無駄の極みでしょう」

ただ、ダンサであれば、それを見たい他者の存在があって、そこで商売が成り立っている。羊飼いは、羊の世話をしている人間を見たい他者がいるだろうか、という点がやや疑問ではあった。村の規模が小さいので、この程度の矛盾はいくらでもあるだろう。

途中で図書館の裏手の小径《こみち》を通り、フーリの家の前に出た。フーリがドアを開けて、僕たちを招き入れる。すると、家の中に、一人の女性が待っていた。

「カンマパ？」僕は、思わずその名を口にした。「え、カンマパですよね？」

7

カンマパは、チベットにあるナクチュ特区のリーダである。そこでは、人工細胞を取り入れていないナチュラルな人間が暮らしていて、今でも子供が生まれているのだ。リーダは世襲制で、彼女は若くして区長になった。このナクチュでは、現在日本のチームが神殿の地下で発見された遺跡の調査を行っている。

目の前にいる女性は、ファッションも僕が見たとおりの彼女だったのだ。

「私はデボラです」カンマパが言った。その声も、カンマパと同じだった。

「デボラ」とその名前を自分の声で聞き直して、初めて状況を認識した。現実に返ったと言いたいところだが、ここはバーチャルの世界なので、その表現は適切ではない。「おかしいな、もっと時間がかかると思っていたのだけれど」

家の中に、ウグイとアネバネも入ってきた。外から見えないように、フーリがドアを閉めた。覗かれてはまずいと考えたのだろう。

「来るだけならば、簡単です。ここテルグのシステムへ、図書館の経路を使ってデータを送るだけです」

「カンマパのデータを使ったんだね？　同じ名前だから」

「はい。姿があった方が良いだろうと思いました」

「会話ができるとは思わなかった。こちらの声を聞いているんだ。それは、こちらからデータが送れることにならない？　送信は制限がかかっていてできないと思ったんだけれど」

「私が聞いている先生の声は、ここで形成された私の分身だけが受け取ります。私の知性の大部分は、ここにはありません」

「ああ、そうか……、そういうことか。やっぱり、外へは出られないんだ」

「そのとおりです。私は、ここでは本来の機能を果たせません。ウォーカロンを操ることもできませんし、機械を制御することもできません。富の谷には、ジェネラルなネットワークが届かないのです」

「じゃあ、私たちを外に戻すことはできない？」

「先生も演算されたと思いますが、富の谷の岩の内部へ信号を送るための方法を構築します。その作業を現在実行中です。それをお知らせするために、私は来ました」

「やっぱりね」僕は何度も頷いた。「そうなんだ、あそこに侵入しなければ解決しない」

「どうやって?」ウグイがきいた。

「ローリィを使ったんだろう?」僕は言う。

「そうです。ローリィが重要なパートを担います。まもなく、彼はこちらへ到着する予定です」

「それは、君には見えるの?」

「外から内へのデータは、ある程度フリーで通ります。私の本体が、こちらへそれを送ってきます。事態が解決するまでの時間は、およそあと四十二分と予想されます」

「ウグイみたいなことを言う」僕は、思わず笑ってしまった。ウグイの顔を見ると、彼女も僕を見た。笑っていない。

「不気味なのは、シンの行動です」ウグイが言った。「何をしているのでしょう?」

「それは、まだ把握できていません」デボラが答える。

「私たちを閉じ込めた目的もわかりませんし」ウグイが呟いた。

「まあ、人間も百歳ともなれば、海千山千だからね」僕は言った。

「うみせん?」ウグイが首を傾げる。

「古典が専門じゃなかったの?」

「今は駄目です。サポートがありません」ウグイが答えた。

ということは、いつもはなんらかの電子的サポートを受けて、僕と会話をしているということだろうか。

海千山千といえば、デボラがそうだろう。彼女はそれくらい長く生きている。ずっと電子空間に潜み、学び、力を蓄《たくわ》え、成長してきたのだ。彼女が現れたことで、たぶんもう大丈夫だろう、という安堵《あんど》を僕は感じた。

とにかく、ここで待つことにした。フーリがデボラのことを不思議がったので、ざっと説明をしたが、納得できないような顔だった。無理もないだろう。トランスファは広く知られている存在ではないからだ。

現実の世界では、デボラはボディを持たない。その意味では、この村の住人たちと似ている。ほとんど同じだといっても良いくらいだ。ただ、ここのウォーカロンたちの頭脳のようにカプセルの中に本体が存在しているのではない。一箇所に集中しているのでもない。いわば、ネット空間全域が、トランスファの器であり、ボディなのだ。

「デボラさんは、生きているのですか?」フーリが、上目遣いにカンマパ姿のデボラを見て質問した。不思議な光景だが、二人の状況を象徴しているように見えた。

「私は、生きていません」デボラは答える。

「でも、ここでは、私たちと同じです」

「知性の本体と通信が遮断されているので、今の私は完全ではなく、サブセットにすぎません」

「でも、人間やウォーカロンの頭脳だって、全体が通信可能であるわけではないですよね」フーリが話した。「記憶も劣化するし、思考力も若い頃よりは衰えます。だんだん、できることが制限されてきます」

「私は、デボラは生きていると思う」僕は個人的な意見を述べた。「自分の存在を意識できる能力、その複雑性が、すなわち生きているという意味だ、と私は解釈しているから」

「複雑性ですか、ああ、そうですね」フーリが頷いた。「その……、思考の複雑性が、数学を生んだのです」

「単純な思考装置は、物事を単純に考えようとは思わない、ということですね」僕は、フーリに同調した。「デボラは、人間よりも演算速度がずば抜けて速いけれど、それは、知性ではない。ただ、ハードに依存した計算にすぎない。つまり、それは時間なんだ。クロックともいう。コンピュータの世界では時間が違うというだけだね。計算とは、ただパイプの中を水が流れるみたいに、コースが決まっているところの物理的運動であって、いわば自然現象。これは、生きていることの必要条件ではない」

「ウォーカロンと人間では、発想力が違う気がします。数学をやっていると、それがわかります。どうしてなのでしょうか？　計算ではウォーカロンの方が速くて精確です。でも、発想力では人間に分があるようです。頭脳回路はほぼ同じなのに、何故その差が生じるのでしょうか？」

「同じ人間にも、その差はありますよ」僕は答えた。

「でも、平均したデータでは、歴然と違うのでは？」フーリがさらにきいた。

「それは……」僕は考える。現在の研究テーマの核心がそこにあった。「私も、考えているところです。まもなく、その答が出ると思います」

「え？　本当ですか？　どのような方向性ですか？」

「まだ、わかりません。しかし、その差を生む要因が作用として存在するだろう、という仮説を持っています」

「それがもし本当ならば、ウォーカロンに欠けているものが、処理できる、修正できる、ということですね？」

「そうです」僕は頷く。「ただ、百パーセント上手くいく保証はない。研究なんてだいたいそんなものです。自分では信じて突き進んでいるけれど、あっさり消えてしまうことがある。降参せざるをえないものにぶつかることがあります。だから、いつとは言えません。ただ言えるのは、人間とウォーカロンが同じものにならない道理がない、ということなんです。それがサイエンスというものです。どうしても同じにならないなら、そこには確固とした理由がある。理由があるならば、それは必ず解決できるはず。それが科学というものだからです」

「でも、宇宙を作ることはできません」フーリが言った。「宇宙のすべての法則がわかっても、できませんよね？」

「資源とエネルギィと時間が不足しているだけです。道理が解明されれば、なんでも実現できます。まあ、こういう話は、上手くいってから話した方が良いですね、その方が説得力がある」

「ローリィを使って、どうするのですか？」ウグイが僕に尋ねた。

「それも、上手くいってから説明するよ」

8

外部にいるデボラの本体がウォーカロンやカメラを通して見ている映像は、僕たちには見る術がない。僕の頭の中のメモリィチップは、デボラの視覚を擬似的に受け取ることで、幻想を見せてくれるのだが、今はそれができなかった。何故かというと、僕の本体、つまり肉体がここにはなく、通信が届かないエリアに置かれているからだ。デボラは、なんとかして、そのエリアへ侵入しようとしている。

デボラは、作戦の進行状況をカンマパの声で説明してくれた。ローリィは乗り物をぶっ飛ばしているらしい。ヘアピン続きの坂道を下りてきて、橋を渡り、岩壁の手前まで来た。エンジン音なんか聞かれても良いから大至急、とマグナダに指示されていたのだろう。言われたことを、実に忠実に再現する、というのがローリィの特徴で、この能力によって、彼の商売は繁盛していたのだ。

トミィのところからデジタルラジオも借りてきた。長波を送受信できる。運転している間、そのラジオはずっとレトロな音楽を流していた。ローリィがこれまで音楽を聴くような習慣がなかったとしたら、それだけで急かされている気がしただろう。

既に、デボラは、ローリィに語りかけることができた。それは、デジタルラジオのスピーカを自由に扱えたからだった。人の声を聞く機能もラジオに備わっていた。リモコンに必要な機能だからである。これにより、デボラはローリィと会話ができる。ただ、ローリィは前を向いて乗り物を走らせているので、会話と呼べるほど言葉の応酬は成立しなかった。デボラは、マグナダの声を使っていたので、ローリィは、これはマグナダの魔法だと感じていただろう。

「そのデジタルラジオには、信号を発信する機能があるんだね?」僕はデボラに尋ねた。

「サブセットの私は、確認はできていません」カンマパは首をふった。「ただ、予定どおり進行している様子ですので、大丈夫だろうと推定されます」

「そこが、キーポイントだ」僕は言った。「その機能が完全なら、ラジオを岩の中へ持ち込めば、ルータの役目を果たす。外からは長波で信号を受けて、内部では極超短波でウォーカロンの頭脳回路とつながる。それで、岩の中にいるウォーカロンを、デボラがコントロールできるようになる」

ローリィは、リンデムの家のドアをノックした。きっと口を開けているはずだ。昨日訪ねたばかりなのに、また来たのか、とリンデムは言うだろう。

ドアがノックされた。フーリの家のドアだ。

彼女がドアへ行き、少し開けて外を覗いた。

「フィガロ、何？」彼女は応える。羊飼いのフィガロが訪ねてきたようだ。「ごめんなさい、今はお客様がいるので、ちょっとあとにしてもらえないかしら」

「呪《のろ》いがある。この家から出た方がいい」フィガロの声が僕にも聞こえた。

「呪い？　何を言っているの？」

「早く、この家から出ろ」

「いいえ……、なにかの間違いです。ごめんなさい」フーリはドアを閉めた。

彼女は、振り向いて僕を見た。眉を寄せ、泣きだしそうな顔だった。

「どうしたのでしょう？」僕は立ち上がって、窓へ行く。

しかし、窓からは外は見えなかった。否、それは精確ではない。窓の外の風景は見えるのだが、そこにはフィガロの姿はない。

「見えませんね」と僕が言うと、

「ええ、窓は、もともとそうなんです」とフーリが答える。「外を見ているのではなく、風景のデータを、窓がある座標に表示しているだけです。家はプライベートな空間ですから、覗《のぞ》き見《み》はできません」

窓から外を覗くのは良いのではないか、と感じたし、覗けないのならば、窓ではないようにも思えた。

「フィガロが、沢山の羊たちと一緒に来ているのです」フーリは言った。「あんなおかしなことを言う人じゃないのに」

「呪いとか言っていましたね。何のことですか?」ウグイがきいた。

「いえ、わかりません」フーリは首をふる。

僕は、デボラの近くへ戻った。デボラではなく、見た目はカンマパだが。

「ローリィからリンデムに、デジタルラジオが手渡されました。作戦は順調です」デボラが事務的に報告する。「リンデムは、既に制御が可能です」

「ほかにも、ウォーカロンが何人かいる。気をつけて」僕はデボラに言う。

「残念ながら、こちらからのメッセージは届けられません」

「あ、そうかそうか……」それは理解していたつもりだが、目の前に彼女がいると、つい話が通じると勘違いしてしまう。

「天然の岩盤ではなく、シールド処理がされているようです。デジタルラジオを奥へ持ち込むと、電波の減衰が激しく、信号が読み取れなくなります」

「そうか、たしかにそれくらいはしているか……」僕は溜息をついた。「でも、リンデムをコントロールできれば、あの卵工場へ行けるのでは……」

卵工場というのは、なんとなく思いついた言葉だった。交差点から細い道へ入ったところに入口がある。一階は水槽、その上にウォーカロンたちの脳を格納した卵型カプセルが並んでいるのだ。しかし、その情報をデボラに伝えるには、図書館へ行くしかない。図書館へ行っても、おそらく今頃はシステムが遮断されているだろう。異常事態だということを、相手は気づいている。だから、羊飼いが警告に来たのだ。これは、僕の単なる仮説だが、ほかに信じるものはない。

「リンデムは、電波の届く範囲でしかコントロールできません。したがって、通りの奥へは行けません」デボラが報告する。

なんとかならないものだろうか。

通信ができる方法はないか。

「この方法では、任務遂行は困難です」デボラが言う。

駄目か……。

どうしたらいいのか……。

「もう一つ、手が打ってあります」デボラが言った。

しかし、そのとき、ドアの方で音がした。

フーリが悲鳴を上げた。

閉まったままのドアから、羊が頭を出しているのだ。

「何ですか？　これは」ウグイがきく。フーリは自分の顔を両手で支えていたが、首をふった。

羊の頭だけでなく、躰も現れる。頭は黒く、躰は白い。みるみるうちに一頭が室内に入ってきた。ドアをすり抜けたのだ。

「どうして、こんなことが？」フーリが叫んだ。

「落ち着いて」ウグイが、フーリのところへ駆け寄った。「羊の一匹くらい」

また、フーリが悲鳴を上げる。

ドアに、羊の頭が二つ突き出ていた。

どうやら、一匹では済まないようだ。

「フィガロ、やめて！」フーリが叫んでいる。外にいる羊飼いに伝えたつもりだろう。しかし、声は届かないのではないか。ドアを開けないかぎり。

「これは、ただのデータだ」僕はフーリに言った。

「嫌がらせをしているのでしょうか？」ウグイが僕を見る。

「さあね……。これが呪いだってことかな。面白いじゃないか」僕は少し笑ってみせた。

ウグイは、腕を伸ばして、羊に触っている。

「触れます。幻ではありません」

「猛獣じゃなくて良かった」僕は言う。「どうして、フィガロが入ってこないんだろう。やっぱり、そこはプロテクトがかかっている、ということだね。たまたま、羊は対象外だったんだ」

「羊は、牧場の柵から出られないはずです」フーリが言う。

「その柵を壊したのでは？　フィガロの言うことをきくように、羊は設定されているのかな」

羊は三匹になり、またドアに二匹の頭が現れている。部屋は広くはない。既に五人がいるところへ、羊が五匹加わりつつある。奥の方に人間が集まり、羊たちはドアの付近で行き場をなくしていた。

「デボラ、何の話だったっけ？」僕は、コーナに立っているカンマパにきいた。

「もう一つの作戦を実行中です」

「どんな作戦？」

なんとなく悔《くや》しかった。僕が思いつけなかった可能性があるというのだろうか。

「レーザを使って、衛星から通信を試みています。軌道上の衛星の位置が、まもなく実行可能範囲になります」

「衛星？」

「あ、わかった」ウグイが叫んだ。「あのメインストリートの？」

メインストリート？

そうか、太陽光をファイバで導いている天井だ。光通信であれば、あそこを通して信号を送れる。

「え、ちょっと待って……」僕は呟いた。「デボラは、どうしてそんなことを知っているの？　外部へは信号が送れないはずじゃあ……」

「私がデータを送りました」アネバネが言った。「通りで撮影した人たちの写真を送ったのです。リンデム氏に頼んで、外に出してもらい、日本に送りました。報告せずにいて、申し訳ありません」

「いつ？」

「昨夜です。月が出ていました」

そんな情緒のある発言をするタイプではないので、返す言葉もなかった。今は満月に近いから、深夜なら月は高い位置にあるだろう、と情景を思い浮かべてしまった。つまり、あの通りの昼と夜の映像データが送られたのだ。アネバネは、任務を遂行するためにそれをした。ここのウォーカロンの身許を確認すること、それが第一目的なのだから、翌日に起こるかもしれないトラブルを心配すれば、一刻も早く任務を完結させたかったのだろう。非常に安全側の判断と評価できる。

デボラは、このデータを基に演算を行った。岩の内部に自然光が導かれていることが判明し、衛星がレーザを照射できる時間帯を割り出して、その回線の準備をした。対電磁波シールドされた空間にも、光は届く。

では、それを受けるものは？

そうか、ウォーカロンであれば、視神経を通してこの信号が届く。頭脳回路へ直結している視神経は、最も太い高速ラインだ。通りにいるか、通りの光を取り入れる部屋にいるウォーカロンに、デボラは侵入できることになる。

「始まりました」カンマパが無表情で呟いた。

羊は七匹になった。もう、触れ合うほどになる。

「これ以上入ってきたら、どうなるんでしょう？」不安そうにフーリがきいた。「ドアを開けるしかありません。ドアに近づければ、ですが……」

「羊が嫌いですか？」僕はフーリに尋ねた。

「え？　いえ……、そんなことはありませんけれど」

「いっぱいになったら、羊の上に乗るしかないでしょう」僕は言った。「少なくとも、羊は羊の上に乗らないから、人間の方が有利です」

9

僕が冗談で言ったとおりになった。部屋は羊で一杯になり、何匹いるのかも数えられなくなった。ほとんど、白くて深い絨毯《じゅうたん》と同じだ。僕たち五人は、その絨毯の上に乗った。立つことは難しく、座っているしかない。立つのが難しい理由は、不安定だからではなく、つい、羊が可哀相になってしまうからだった。

「三人のウォーカロンをコントロールしています。テルグ・システムの中枢回路を発見しました。目的達成までの時間は、約一分三十秒」デボラが報告した。

「もうすぐだ」僕は言う。

「羊が入ってこなくなりましたね」ウグイが言った。

「外を見てみたいのですが、羊がいて、ドアが開けられません」ドアの近くまで行ったアネバネが言う。

「これ以上は物理的に入らないということかな。物理的なんて概念が、ここにはないのかもしれないけれど」

「いえ、容器にものを入れるときには、その演算がなされます」フーリが言った。

「それにしても、この羊攻撃は、なんか、ほのぼのとしているね」僕は感想を述べた。

「面倒であるけれど、どことなく憎めない感じで」

「そうでしょうか」ウグイが口を斜めにする。

いつも見ている顔ではないので、いちいち新鮮ではある。

一分ほど経過したとき、僕たちは床に落ちた。羊が消えたのだ。しかし、落下はゆっくりで、どすんという衝撃も受けなかった。

「システムに入りました」デボラが言った。「作戦はほぼ成功しました。これから、三人をログオフします」

「あ、ちょっと待って……」僕は言った。そして、フーリの方を見た。「どうもありがとう。お世話になりました」

「いえ、とんでもない。また、お会いできるでしょうか?」

「可能だと思います」

「でも、日本に帰られるのでしょう?」

「世界中のどこにいても、いつでも会えると思いますよ」

「そうですね……。ここのシステムも、オープンにしなければなりませんね」

「そうなるように、できるだけ協力します」

「お願いします」フーリは頭を下げた。

アネバネはドアを開けて、家の外を確認していた。彼が出ていったので、僕たちも、外に出た。羊もいないし、フィガロの姿もなかった。

そこで、フーリはどんな光景を見たのだろう。

僕たち三人は、どんなふうに消えたのか。

一瞬の暗闇があって、
次に、少し寒気がした。

まるで、地球に帰還した宇宙飛行士の気分だったけれど、そんな気分を味わった経験は、もちろんシミュレーションでも一度もないから、単なる想像だ。

重力を感じて、手を持ち上げると、手の重さがわかった。痺《しび》れているみたいだったけれど、しだいに感覚が戻ってくる。僕はゴーグルを外した。

棺桶の上蓋《うわぶた》は既に開いていて、横からウグイが覗《のぞ》き込《こ》んでいた。

「あれ？　目覚めるのが早いね」と言ってみた。喉《のど》を通る自分の声が、少し変な気がする。テルグの村で聞いていた声と違っていたのだ。体内を伝播《でんぱ》して伝わる音声、これが現実である。

「たぶん、年齢順なのでは」ウグイが言った。

「聞き捨てならないな」起き上がって辺りを見回すと、アネバネがいる。ちゃんと覚醒できたようだ。「君とアネバネは、どちらがさきに起きた？」

「話したくありません」ウグイが即答した。

僕は、大きく溜息をついた。

力が入らず、棺桶から出るのに、ウグイに手伝ってもらった。やはり、年齢の影響は無視できないようだ。

躰のあちらこちらを動かして、異常がないことを確認した。ウグイは、銃のチェックをしている。アネバネは、もうどこかへ行ってしまって、姿が見えなかった。

「さてと……、何をすべきかな」僕は呟いた。

「シンに会いにいきます」ウグイが言う。彼女は銃のホルダに手を当てる。「落とし前をつけてもらわないと」

「さすがに、古典が専門だけあるね」

第4章　生きている神　Living God

わたしも忘れられたらいいのだが！　しかし、フェッセンデンと彼の極小宇宙のさまざまな世界を忘れられないのだ。そして忘れられないから、わたしの魂は病んでおり、死ぬまでとり憑《つ》いてはなれない身震いが出るほどの恐ろしい疑問、決して答えの得られない不吉な疑問にとらわれている。だから夜空の星々を見あげるたびに、わたしはその疑問に責めさいなまれるのである。

1

デボラが、最終的にどのようにしてテルグのシステムに侵入したのかがわかった。通りを歩いていたウォーカロンに天井を通した光通信で侵入し、リンデムを呼び出した。リンデムは技師なので、光通信が可能なルータを持っていた。これは、卵工場内の通信に使われていたローカルネットワークに用いるための機器だった。ちょうど点検が終わって、工場へ戻すところだったのだ。

もし、これがなかった場合は、通りの交差点に鏡を斜めに立て、小径の奥まで光を導く方法が考えられるだろう。扉を開けるだけで、その光が水槽のある部屋まで導かれる。この状態で、光通信が可能になる。これは、僕が発想したことで、デボラに確かめたわけではない。また、別の方法があるかもしれない。

それにしても、デボラが演算から導いた解答は見事だと感じた。僕は、アネバネが夜のうちに本局へ写真を送ったことを知らなかったので、この方法があると思いつかなかったわけだが、しかし、もしそれをアネバネから聞いていたとしても、はたして発想できただろうか。

人間は高い発想能力を持っているが、コンピュータは演算速度が速いだけだ、としばしば語られる。だが、長年学ぶことで、人工知能も限りなく人間に近づくことができるようになった。人間と同じように、既に発想力を身につけているのではないか、と考えさせる事象ではないだろうか。

ウォーカロンがつぎつぎとデボラの支配下となったことで、シンが現在ここにはいないことが判明した。いちおう、彼の家を調べてみることにしたが、そこには誰もいなかった。

「テルグの違法行為の証拠を確保しました」デボラが言った。今は、僕とウグイとアネバネに直接語りかける声だけだ。もう、カンマパの姿はない。ここのメインシステムに侵入したので、あらゆるデータを参照できる。テルグの村人たちの現状と、それ以前からこの富の谷で長年行われてきた、世界中からの価値の搾取《さくしゅ》に関する証拠データだろう。

「日本の本局へ連絡しますか？」デボラがきいた。

「私がします」ウグイが答える。彼女は顳顬に手を当てる。「あ、そうか、ここではできないのか……。やっぱり、デボラ、お願いします。局長へ直接伝えて」

「了解」デボラが答える。

日本政府はどうするだろう。おそらく世界政府に緊急議題を提出し、複数の国と合同でこの国を提訴することになるだろう。そのためには、証拠となるデータが必要だ。どの国がどれほど被害を受けたのかを、デボラは既に集計したのにちがいない。

「まだ油断はならない。ここは治外法権だ。この国は利益を得ていた。警察だって軍隊だって、どう出るか……」僕は言う。「それらをひっくるめて、上手く動いてくれると良いのだけれど」

「そうですね」ウグイが頷いた。「場合によっては、私たちが出国するまで内密に行動するかもしれません。まずは、先生の安全確保が第一です」

「シンを捜す方が大事だと思うけれど」

「それは第二です」

シンはどこへ行ったのか。ウォーカロンたちからは、シンが富の谷を出たという記憶が見つからないという。

「ローカルネットの履歴を検索しました」デボラが言った。「未確認の端末からテルグ・システムにアクセスがあります。このアクセスによって、フィガロが動いていたものと推定されます。過去のアクセスも確認しました。また、もう一人、キリナバという村人も、外部とのアクセスを行っています」

「まあ、そんなところだろうとは思ったけれど」僕は頷いた。

「どうしますか？」ウグイがきいた。「まずは、外へ出て、街まで戻ることが先決では？」

「どうして？　ああ、ホテルの予約をしているから？」

「違います。その方が安全だからです」

「いや、安全とはかぎらない。警察が味方である保証はない。もうちょっと調べて情報を得た方が良いだろう。シンを捜そう」

「ローカルネットには、電波を使ったルータがありません。赤外線か、あるいは有線のレーザです」デボラが報告する。「空間的につながっている可能性が高いと推定されます」

「シンはいつもどこかへ出ていく、と聞いたけれど」

「調べましたが、出ていくといっても、表へ出るという意味ではなさそうです」デボラが答えた。

「表へ出ていっても、乗り物がないとどこへも行けない。それじゃあ、どこかほかの出入口があるんだ。わからない？」

「不明です」

「ここの配置図は？」

「モニタに表示します」デボラがそう言うと、シンの部屋のテーブルの上に映像が浮かび上がった。

岩の中に作られたスペースの立体図だ。自分たちがいる場所を、デボラが示してくれる。僕は手を使って、視点や角度を変え、その図を見た。

「なるほど……、ここは、上から掘り進んで作ったんだ」僕は、全体の構造から、それに気づいた。「上は鉄骨構造で蓋をして、また土を被《かぶ》せたのかもしれない。その時点では、ここまで建設機器が搬入できる道路があった。今はそれがない。ちょっと不思議だなぁ」

「どうしてですか？」ウグイが尋ねた。

「道路をなくすというのは、よほどのことだ。ローリィが使っているあの道しかなくなってしまった。ようするに、外界とのアクセスを意図的に遮断した。岩の上にヘリコプタが降りられるようだけれどね」

「本日は、近くに航空機は発着していません」デボラが言う。

「道路だったところには、また草や樹が生《は》えて、自然に戻った。でも、せっかく道があったのだから、普通はそこを使うだろう。たとえば、水道や電気のラインは、その道に沿っていたはずだ」

「確認しました」デボラがそれらの図面を出した。

「こちらの、もう少し先を見せて」僕は図面の端の方を指さした。

縮尺が変わって、現在位置よりも南の方角に、ラインが分岐している箇所が見つかった。

「ここだ」僕は指を差す。

その場所が拡大される。図面は水道と電気のラインだけなので、ただその近辺で分岐し、枝分かれしているのがわかるだけだった。

「構造物の図面はない？」

「見つかりません」

「方向と距離は？」

「南から十三度西寄り、直線距離は千五百二十三メートル、高低差は二十二メートルこちらよりも低い位置です」

「ここの電気のラインは一直線だね」

「ほぼ一直線です」

「もう一度、こちらの図面に戻して」

図面が切り替わった。

「ここから伸びている」僕は指で示した。「この家の辺りだ」

「現在位置より低い場所です」デボラが言った。「電気のラインが集中しています。十分ほどまえに、一時的な大電流が流れた記録が残っています。機械的な動力と思われます」

「何の?」僕はきいた。「そうか、移動する装置があるんだ」

2

「むこうは、私たちの状況をモニタしている?」僕はデボラに尋ねた。

「いいえ、それはできません。私がここへ来たあとは、すべてが私の管理下にありますので」

「でも、予測はしているはずだ。乗り込んでいくなら、気をつけた方が良い」

「そう思います。無理をしなくても良いのでは?」ウグイが言った。

「さっき何て言った? えっと、落とし前をつける?」

「先生の安全が第一です」

「デボラ、相手の状況はわからない?」

「わかりません。しかし、電力はそれほど消費されていません。大規模な設備があるとは考えられません。また、地理的に、その場所は近くに人家がありません。別のところへ移動した可能性として、道路へ車で出た、とも考えられます」

「そうか、もともとここへ来る道路だったんだ」つまり、昨日バイクで走ってきた道に出られるということか。「となると、もういないかもしれない」

「この近辺の監視カメラを調べます。シンのプロフィールも入手しました」

「そのデータ、私に送って」ウグイが言う。きっと、武器に目標を入力したいのだろう。

僕たちは、シンの家の一階にいる。地下へ下りていく経路を捜した。階段はない。しかし、簡易なキッチンの床にハッチが見つかった。ハッチは小さな敷物でカモフラージュされていた。覗いてみると、そこはワインセラのようだ。

「ワインセラとは、贅沢なものがあるなぁ」僕は呟いた。「アルコールはないなんて言っていたのに」

梯子《はしご》を下りていく。ワインは埃《ほこり》を被っているものもあったけれど、たしかに何十本も並んでいた。どれほど価値があるものなのか、僕にはわからない。

「こちらに、出口があります」アネバネが言った。

壁の前のキャビネットが斜め手前に移動していて、不自然に思った場所だった。小さなドアがあり、それも少し開いたままだった。おそらく慌てて出ていったのだろう。その先に照明が灯り、階段があることがわかった。

アネバネがさきに下りていき、「大丈夫です」と教えてくれた。

ウグイと僕が続いて進んだ。コンクリートに囲まれた通路は、階段の踊り場で幾度も直角に折れ曲がる。行き着いた場所で、アネバネが待っていた。

目の前の一段低い位置に、太い円筒形のものが横たわっている。直径は一メートルほどだが、右手へずっと続いて、壁まで到達していた。また、そちらに小さなドアもある。アネバネはそのドアを開けにいき、「真っ直ぐに通路が続いているようです」と報告した。

「これは、チューブだ」僕は言った。

ニュークリアの地下にも、日本の各地へ行ける秘密の乗り物が設置されている。真空にしたチューブ内にカプセルを磁力で浮かせ、リニアモータで推進するメカニズムだ。僕は何度か乗っている。

ウグイが壁際にあったキィを操作すると、モニタのインジケータが点滅し、それが移動している。こちらへ向かっている、ということがわかった。つまり、カプセルは一つしかなく、むこうの駅に停まっていたのだ。二十秒ほど待っていたら、電子音が鳴り、空気音とともに、円筒部分のハッチが開いた。カプセルがそこにある。そのカバーもスライドして開いた。

「一人しか乗れない」僕は言った。「どんな順番で行く?」

「デボラ、むこうの駅の状況はわからない?」ウグイがきいた。

返事がなかった。

「デボラは、ここまでは来られないみたいだ」僕は言う。「アネバネが行く?」

「千五百メートルでしたね」彼は言った。「私は、この通路で行きます。出発は、四分後に。状況を連絡します」

「わかった」ウグイが頷く。

アネバネは、ドアを開けて通路の中へ消えた。

「えっと、走っていくってこと?」僕はウグイにきいた。「四分で千五百メートルが走れる?」

「むこうに到着して、敵がいた場合には排除します。その時間も含めて四分でしょう。アネバネらしいアバウトな計算です」ウグイが答えた。

その間にウグイは、下りてきた階段を戻って、デボラに状況の説明をしにいった。僕は、すぐにもチューブに乗りたかったが、「乗っちゃ駄目ですよ」とウグイに釘をさされたので我慢していた。

ウグイはすぐに戻ってきた。

「リンデムを使って、ここの動力線に、信号を乗せると言っていました。よく意味がわかりませんでしたが」ウグイが報告する。

「なるほど。ネットワークの信号を、このチューブの電源に入れるということだ。ハードとしてはつながっているのだから、コンバータがあれば簡単だよ」

「五分三十秒時間がかかるそうです」

「凄《すご》いな」

二人とも時間を気にしていた。三分三十秒くらいで、ウグイに連絡が入ったようだ。

「安全が確認されました」顳顬に指を当てていたウグイが言った。

僕は、チューブのカプセルの中に乗り込んだ。座って、前に足を伸ばし、リクライニングしたシートにほとんど寝そべる格好になる。

「では、スタートさせます」ウグイがパネルの操作をした。

カバーが閉まり、作動音が聞こえたが、やがて無音になる。カプセルの周囲が真空になったのだ。振動のあと、加速する。足の方向へ落ちていくみたいな体感である。頭に血が上るが、それもすぐに収まり、今度は逆の加速度を受ける。もう減速している。停まったのかな、と思ったらカバーがスライドした。

カプセルから出ると、さきほどと同じような部屋だ。少し離れたところに、アネバネが立っていた。チューブはハッチを閉め、見えなくなった。すぐに引き返してウグイを迎えにいくのだ。

「ここから、上に行く通路があります。近くに敵はいません」アネバネが報告した。

「もう外に出て、どこかへ逃げたんじゃないかな。そのためのチューブなんだ」

チューブが到着し、ウグイが降りてきた。

「まもなく、デボラが来るでしょう」彼女が言った。「アネバネ、先を見てきて」

アネバネは頷き、通路の中へ入っていく。

「先生は、もうしばらくここに」ウグイは僕に言った。

「私は、君の部下じゃないけれどね」

「上司でもありません」彼女は僕を睨んだ。

デボラが到着した。この近辺にテルグ・システムの端末があることがわかったという。

「つまり、シンは、そこからバーチャルに入っていたんだ」僕は言った。

「フィガロが、シンだったと思われます」デボラが言う。

僕はそれを聞いて、フーリのことを思《おも》い遣《や》った。彼女は、あの素朴な羊飼いに心を寄せていたのではないか。なんとなく、そんなふうに見えた。まさか、百歳の老人が正体だとは……。

しかし、そもそもあの世界には、正体というものはないのかもしれない。シンだけは、こちら側にボディを残しているから、たまたま正体があったというだけの話だ。

チューブの電源を信号線に使ったため、デボラはさらに奥へも行けるようになった。これで百人力である。ウグイと僕は、アネバネが入った入口から、通路を奥へ進んだ。

3

途中に階段があった。数メートル上ったのち、少し広い場所に出る。突き当たりから左右に通路が延びているようだ。普通の建築物のようにドアが並ぶ通路だった。ただ、窓はない。

「ここは、まだ地下?」僕は呟いた。

「地上は約八メートル上です。道路との水平距離は約四十七メートル」デボラが答える。

物音が聞こえた。人の声のようでもある。ウグイが即座に銃を抜き、音も立てずに僕の前に出た。

彼女が角から顔を出すと、アネバネが別の場所から低い体勢のまま近づいてきた。左の壁の窪みに潜んでいたらしい。

「あそこの部屋に数名います」アネバネが囁いた。「こちらの部屋は無人」

「よし、行こう」ウグイが言う。後ろを振り返り、僕に待つように手を広げて見せる。

二人は通路へ出ていった。

壁から少し顔を出して、僕は覗いていた。

二人は低い姿勢でドアに近づく。ウグイが膝を折った姿勢でドアの横の壁に背をつける。アネバネが、ドアを少しだけ開けた。

なにも起こらなかったが、人の声が漏れ出て大きくなった。高い女性の声で、一人ではない。笑っているようにも聞こえる。

アネバネがドアを大きく開けて、中に飛び込んでいった。ウグイが戸口から、中へ銃を向ける。

「動くな！　手を頭にのせて！」彼女は叫んだ。「銃を撃つ許可を得ています」

静かになった。

ウグイは立ち上がり、中に入っていった。

「抵抗しなければ、撃たない」ウグイの声が聞こえる。「そのまま、ゆっくりと壁を向いて」

我慢ができなくなって、通路を進み、戸口まで来た。

僕は、その部屋の中を覗いた。奥は床が一段高い。家具が整っている。ソファ、テーブル、キャビネットなど。装飾的な照明が、ぼんやりと光っている。窓のようなものもあったが、カーテンで見えない。単なるデコレーションだろう。ソファの前に、若い女性が五人立っている。頭に手をのせて、こちらに背を向けていた。アネバネが彼女たちの近くにいて、一人ずつ確認をしているようだ。

ウグイはまだ戸口に立っていたが、突然振り返って、こちらへ銃を向けた。

慌てて、手を広げて見せる。

「危険はないと思います」彼女は頷いた。

僕も部屋の中に入った。

「全員が、頭脳チップを持っています」デボラが言った。「シンは、出ていったそうです」

白状させなくても、情報をピックアップできてしまう、という意味だ。トランスファは、味方であってほしい存在といえる。

「武器はありません」アネバネがこちらへ来る。「どうしますか?」

「彼女たちは、ここで何をしていたの?」ウグイがデボラにきいた。

「シンは、大事にされていたようです」

「抽象的な表現だな」僕は呟く。

「どこから、外へ出られる?」ウグイがきく。

「通路の奥でしょう」アネバネが指差した。

「シンに連絡ができますか?」ウグイが、女たちにきいた。

誰も答えない。

「できないようです」デボラが答える。

その部屋を出て、ドアを閉めた。通路をさらに進むと、別のドアが左手にあった。アネバネがそれを開ける。暗い空間に照明が灯り、奥に階段が見えた。アネバネがそこを駆け上がっていった。

僕は、ウグイの後ろをついていく。

「あの女性たちは、放っておく?」僕は尋ねた。

「それ以外に選択肢はありません。どうされたいのですか?」

「いや、なにも」僕は首をふる。「ようするに、ここは、ハーレムだったということかな」

「ハーレム?」ウグイは首を傾げる。「否定はしませんが、可能性は低いと思います」

「シンの年齢から考えて?」

「いいえ」ウグイは首をふった。「ハーレムの定義が先生と違っているかもしれませんけれど、コストがかかりすぎています。なにかほかに目的があったのではないでしょうか」

上から光が差し込んだ。アネバネが階段を上がりきったところのドアを開けたからだった。

風が感じられた。

眩しい光に手をかざして、外に出た。

久し振りの屋外。地球のデフォルトだ。

大きな岩と、比較的低い樹木に囲まれている。アネバネが岩の上に立っていた。周囲を見回しているようだ。

「あちらに道路が」彼が指で示した。「近くに人はいません」

「道まで出て、どうしたんだろう?」僕は言った。「タクシーを拾えるとは思えない」

バイクで走ったときの印象だが、車はほとんど走っていなかった。もちろん、人が歩くような道ではない。

「現在、捜索中です」デボラが言った。

「あ、ここは通信可能エリアなんだ」僕は言った。

道路にその機能が備わっている。デボラは、それを通じて語りかけているのだ。

階段を上がってきたせいか、僕は汗をかいていた。こういったことは、テルグの村では起こりえない現実のディテールといえる。

「あの五人の記憶を参照した結果を教えて」ウグイがデボラに尋ねた。「何のためにあそこにいたの? ウォーカロン?」

「シンの世話をしていたようです」デボラが答えた。「全員ウォーカロンです」

「あの場所の目的は?」

「彼女たちには、その概念がありません」

「どういうこと?」

「ここへ来て以来、あそこから出たことがない、したがって、場所の目的を知らされていないし、認識もしていない、という意味です」デボラは、滑らかな口調で話した。「いずれも、メーカから購入されたものではありません。確認中ですが、パリの博覧会でコンパニオンを務めたウォーカロンと、少なくとも三人が一致します。ウォーカロンに付属するそれらのデータは、消去されていますが、部分的に残留しているものを再構築して確認中です」

「もし、諜報《ちょうほう》の目的だったら、武器があるはずだ」僕はウグイに言った。

「だから、ハーレムだと?」ウグイが僕を睨む。

「コストがかかっているハーレムだね」そう言って微笑んだ。

「愉快なこととは思えません」

「そう……」僕は笑うのをやめた。「同感だ」

4

「ローリィの車が、まもなくこちらへ来ます」デボラが告げた。

「え? ローリィの車?」僕はきいた。「バイクじゃなかったの?」

「四輪のバギィです。定員は四名」

「それに乗せてもらって帰りましょう」ウグイが言った。「まず、ホテルへ引き上げます。そこで本局の指示を待ちます。先生の意見は、今は求めません」

「あそう……。うん、同意する」僕は頷いた。

急に官僚的な発言になったウグイだが、おそらく屋外に出て、日本からの指示を受け取ったのではないか、と僕は想像した。

エンジン音が近づいてきた。デボラが言ったとおり、小さなバギィが道の向こうから近づいてくる。ウグイとアネバネが道路の脇で手を振った。

運転していたローリィが気づき、急ブレーキをかけた。バギィは斜めになりながら、僕たちの前で停車する。

「よう、ウグイさん、元気?」ローリィは口を大きく開けた。「ドクタも」

「元気だよ」僕は答える。「街まで乗せていってくれるかな」

「もちろん、そのつもりだよ」

オープンのバギィで、三メートルほどの長さしかないが、後ろにも座席があった。パイプが邪魔で乗りにくいが、僕たち三人はシートに収まった。僕が助手席で、ウグイとアネバネは後ろである。僕は後ろに乗りたかったけれど、後ろは狭いから、とウグイが言った。安全ベルトをしようとしたが、それらしきものがない。バギィは、凄い加速で走りだした。

「ゆっくりでいい」僕は、横のローリィに言った。「急いでいない」

「え?　何だって?」ローリィがこちらを見て顔を近づける。

「前を向いて」

「はいよ」ローリィは頷いた。

バイクで来なかった理由を尋ねたかったが、それはデボラの演算結果なのだろう。三台のバイクがまだ富の谷の手前に置かれたままのはずだ。トミィに返さなくて良いのだろうか。もし問題なら、ローリィがなにか言うだろう。

後ろにいるウグイが僕の肩に手を触れたので振り返った。彼女は、道路の後方を指差した。五十メートルほど離れているが、バイクが見えた。三台だ。無人で走っている。ああ、そんな機能があるのか、と僕は納得した。車ならば当然の機能ではあるが、どうも人が乗っていないバイクというものは、少々気持ちが悪い。

「コミュータなどの走行記録を検索しましたが、この道でシンを乗せた形跡は見つかりません」デボラが報告した。「歩いて逃走したとは思えませんが」

「航空機でもない、と言ったね。確認は？」

「確認しました。この近くを飛行した有人機はありません」

「近くに川や湖は？」

「該当するものがありません。船舶も動力を有した通常のものであれば、航行記録が残ります」

「じゃあ、歩いていったと？」

「歩いたとしたら、現在この車が走行している方向です。逆方向は山を越えるハイウェイ

のため、数百キロ人工物がありません。しかも、気温が氷点下になる区間が含まれていま
す」

「わからないよ。どこかでキャンプをするつもりかもしれない」

「五人のウォーカロンたちが、シンが荷物も持たず出ていったのを見送っています」

「うーん、不思議だなあ」

「データを再度確認します」デボラはそう言った。デボラが演算できないなら、僕がいくら考えても無理かもしれない。


ローリィは、前を向いて口を開けたまま運転している。最初は恐ろしいほどのスピードだと感じたが、それは喧《やかま》しいエンジン音と、オープンだから受ける風圧のせいで、そう錯覚するのだとわかった。メータを覗き込んで確認したところ、時速三十マイルも出ていない。道は緩やかにカーブしつつ草原や林の間を抜けていく。前を走行する車両はなく、反対車線の対向車もほとんどない。後方を走っている三台のバイクだけが近くを走る車両だった。


「本局から新しい連絡がありました」ウグイが後ろから顔を近づけて言った。「政府間交渉を行っているそうです。シンに対しては、この国の警察も捜索をすると言っているようです。犯罪行為を認めて、国家としても謝罪をすることになるだろうと」

「隠しきれないとわかった、ということかな。まあ、そうするしかないだろうね」

「私たちは、このまま予定どおり、明日は研究所を訪問しますか？」

「どちらでも良い」僕は答えた。

「お疲れではありませんか？」

「誰が？　え、私が？」

振り返ると、ウグイが頷き、瞬《まばた》くのが見えた。モードチェンジしたみたいだ。

「べつに、疲れていない。予定どおりでいこう」

「わかりました」

「富の谷のウォーカロンたちは、どうなるんだろう？」

「その点に関しては、なにも連絡を受けていません。私たちの関知するところではないかと」

「博覧会から脱走したのが判明したら、ウォーカロン・メーカが彼らの所有者だね、法的には」

「そうなります」

「あそこに、脳だけ取りにくるのかな。なんか、可哀相だなあ」

「全員ではありません。たとえば、フーリは違います。彼女は、両親の元から出てきたと……」

「うん、家出をしたみたいな話だったね。だけど、もう戻れない。村人も数が減ることになるし、そもそもあのシステムが維持できなくなるんじゃないかな。シンの悪事が、経済的にあそこを支えていたとしたら、存続できなくなる」

「そうですね」

「見殺しにしたくないなぁ。フーリにはお世話になった。ロボットにでも、移植してもらうしかないね、社会復帰するのなら」

「本人の意思の問題ですから、私たちがどう考えてもしかたがありません」

それは、そのとおりだ。ウグイの言ったことは正論。しかし、なんとなく、一度でも親しみを感じた相手には、正論以外の感情も抱くものだ、たとえウォーカロンであっても。

車の前方を見ながら、僕は思いを巡らしていた。

「そうだ、自転車だ」僕は振り返った。

ウグイが、僕の視線を受け止めたが、人形のように瞬いただけで無言。

「いや、デボラに言ったんだ」僕は片手を広げた。

「自転車というと?」ウグイがきいた。

「自転車で逃げたんだ」僕は言い直した。「その可能性は演算した?」

「していませんでした」デボラが答えた。「現在演算中」

「富の谷を訪れて、ウォーカロンがいると連絡してきた人物は?」僕は言う。

「確認します」

「本局へ連絡して良いですか?」ウグイが身を乗り出した。「怪しいですよね。あの谷へ自転車で下りていったなんて」

「うん、登ることを考えたら、普通は行かないだろう。つまり、その人物が訪れたのは、さっきの建物の方だったんだ。ウォーカロンが五人いた。あのハーレムだよ」

5

ローリィのバギィで無事に街まで戻ることができた。僕たちは、ホテルに一旦戻ったが、すぐに出かけることにした。ホテルにタクシーを呼んでもらい、やってきたコミュータで、マグナダの家へ向かうことに。

「キルデア・ロード、七十八番地」とウグイはコミュータに告げた。顳顬に指を当てていたから、メモリィを参照したのだろう。

マグナダに会うのは、もちろん、彼女が自転車乗りの情報を中継したからだ。今となっては、殺されたタージのことも怪しい。ウグイは、マグナダが黒幕なのではないかとまで言った。

僕は、シンがその自転車乗りだったのではないか、と考えた。自転車で逃げた可能性があるから、自然にそう連想した。百歳であっても、人工細胞を取り入れていれば、肉体は若い。ハーレムのこともある。富の谷で得たものを独り占めして、贅沢をしていたのではないか。

「つまり、日本に情報を流して、こちらへ調査員が来るようにお膳立《ぜんだ》てをしたんだ」

「どうして、そんなことを?」

「足を洗うつもりだったんじゃないかな。富の谷から。それで、最後にこの情報を売った。どこかが買ったのか、それとも、日本がそれだけ金を出したのか……」

「私たちを、拘束したのは?」

「たぶん、日本と交渉して、亡命でもしたかったのかな。やってきた調査員を、棺桶の中に入れて、その間に、自分の安全を確保する。そんなシナリオだね。もしかしたら、ウォーカロンに命じて、調査員をテルグの住人にしてしまう計画だったかもしれない」

「ということは、私たちは、あのままだったら、脳だけになっていたということですか?」

「ああ、そうなるね……」

「想像したくありませんね」ウグイが顔を顰める。「マグナダもグルなのでは?」

「マグナダは、シンの悪事には関わっていません」デボラが言った。「それから、今ハギリ博士が話された仮説は、得られている情報と一致しません。富の谷のウォーカロンには、そのような指示が与えられていませんでした」

「それはそれは」僕は応えた。

マグナダの無実については、理解していた。デボラがローリィを利用したときに、マグナダと接触している。もしシンの味方ならば、なんらかの抵抗をしたはずだ。

夕方だが、まだ日は高い。長い一日だったし、まだ終わっていない。

マグナダの家の前でコミュータを降りた。アポはなかったけれど、インターフォンを押した。返事があり、マグナダは在宅だった。

例の暗い部屋にまた入った。昨日とまったく同じところに、彼女は座っていた。

「良かったじゃないか」マグナダは僕の顔を見て言った。「誰のおかげだい？」

「デボラです」僕は答える。

「そう、それが、あれの名前なんだね」

「あれって、何ですか？」

「水晶玉の中から話しかけてきた奴さ」マグナダは言った。「たまげたわ。どんな手を使ったらあんなことができる？　教えてくれないかい？　金は出すよ」

「ききたいことがあって来ました」僕は、水晶玉ののったテーブルの前で椅子に腰掛けた。「富の谷のことを、マダムに教えた男のことです」

「ああ、その話ね」

「どんな男ですか？」

「口止めされている」マグナダは口を閉じ、笑みを浮かべた。「私は、約束を守る人間なんだ」

「手数料なら、お支払いします」僕の後ろに立っているウグイが言った。

「お嬢さん、いくら出すの？」マグナダが上目遣いでそちらを見た。

そのマグナダの顔が変わる。目を見開き、口が開いた。僕が振り返ると、ウグイが銃を構えていた。

「命乞いをする時間は、十秒です」ウグイは言った。「九、八、七、……」

「お嬢さん、そんな馬鹿な真似は……」

「四、三、二……」

「脅したって、駄目だよ」

炸裂音《さくれつ》が轟《とどろ》く。

マグナダの躰が震え、同時に水晶玉が砕《くだ》け散《ち》った。僕の目の前にあったので、思わず首を竦めた。水晶玉の下のスタンドが露《あらわ》になり、電子基板と配線のケーブルが見えた。やはり、端末だったのだ。

「今のは脅しです」ウグイが言った。「出力が最小でしたので、テーブルも貫通していません。次は、もう少し強力です」

ウグイは、僕の横から腕を伸ばし、マグナダの目の前に銃をつきつけた。

「この国の法律は、私たちには適用されません。私は、抵抗する人間を撃つ国際法に基づく許可を得ています」

「抵抗なんか、してないじゃない」マグナダが言う。

「知っていることを話さないのは、明らかな抵抗です」

「少々やりすぎでは？」いつの間にかテーブルの横に立っていたアネバネが言った。

「私の責任で撃ちます」ウグイは前を向いたまま答える。

マグナダは、助けを求めるような顔で僕を見た。

「五、四、三……」ウグイが秒読みする。今度は五秒のようだ。せっかちだな、と思う。

「わかった、わかった、話すから」マグナダが両手を前に広げた。「抵抗しないから」

ウグイはそのまま黙っている。

「自転車に乗っているのは、シンじゃない。いや、もう一人いて、シンとときどき交替しているんだ」マグナダが言う。

「自転車乗りが二人いるということ？」僕はきいた。

「そう、二人いる。そのシンの友達は、白人」

「名前は？」ウグイが尋ねる。

「知らない。本当だよ。ここに来たのは一度だけ」

「映像を記録しているでしょう？　それを見せて」ウグイが言った。

「あんたが割った、水晶玉に入っていたのに」マグナダが泣きそうな声になる。「もう……、なんてことを……、高かったのに……、大事な商売道具なのよ」

「これは単なる端末です」ウグイが言った。

ウグイはテーブルのむこうへ歩み寄る。マグナダが、飛び退くように立ち上がり、壁際まで後退した。

テーブルには引出しがあったようだ、ウグイはそれを引き開ける。小型の電子機器が収まっていた。ウグイがそれを取り出す。モニタ付きの端末だった。

「はい」ウグイは、マグナダに言った。「出しなさい。この中にあるはず。それとも、これも粉々にしてほしい？」

「駄目駄目ぇ、それだけはやめて」マグナダが駆け寄ってきた。「もう、なんて気の荒い人……、信じられない……」

マグナダが操作して、モニタに写真を出した。名前はたしかに登録されていない。データもなかった。デボラが検索できなかったのは、このためだ。あるのは、写真だけだった。僕が座っている椅子に腰掛けているところだ。ここへ来て、マグナダと話をしたのだろう。

中年の体格の良い男性というだけだった。金髪で、目の色まではわからない。部屋が暗すぎるためだ。

「なにか、特徴は？　仕事は何をしている？　どんな話をした？」ウグイがきいた。

「いえ、なにも」マグナダは首をふった。「あ、でも、そうそう、建築家だって言っていたわね」

6

コミュータは待たせてあった。ホテルへ戻る途中、ウグイは本局へ連絡をしていた。男の写真を送って照会してもらうためだ。

「ついでに、キリナバという名前も」と僕は言った。

「え？　でも……」ウグイは首を傾げたが、その情報は伝えたようだ。連絡のあと、彼女は僕に言った。「キリナバは、ボディを持っている、ということですね？」

「その可能性がある。どこかに、棺桶があるんじゃないかな。シンもそれを使ってフィガロになったんだ」

「さきほどの部屋の隣にあるかもしれません」デボラが言った。「配線が確認できました」

「それなら、たぶん私が見たものがそうです」アネバネが言う。「部屋もカプセル内も無人だったので、報告しませんでしたが」

「ということは、キリナバも、あのハーレムにいたということになる」

「キリナバが、自転車乗りの諜報員だった」ウグイが言う。「それで、シンのところへ訪れた、ということですか?」日本からシークレットの情報が届いたようだ。

「いや、キリナバは、もう何年もあそこにいたんだ」

「そうか、そうですね」ウグイは頷いた。「やはり、最初から二人だったのか」

警察から連絡があった。僕たちに警護が必要なのではないか、との問い合わせだった。日本からの連絡も受けているそうだ。ホテルで落ち合うことになった。

「さっきの、あれだけれど、マグナダを撃つつもりだったの?」僕は気になったので確認した。

「いいえ、私の銃は安全装置が外れていませんでした」ウグイは言った。「間違って撃ってしまったら大変ですから」

「え? でも……」よくわからない。僕は、アネバネを見た。「そういえば、珍しくウグイを止めようとしたね」

「訓練どおりです」アネバネは答える。

やはりそうか。わざと反対してみせたのは、ウグイの決断を相手に印象づける演出だったのだ。アネバネがあんなことを言うかな、と不自然に感じたのである。

「水晶玉を壊したのは、アネバネです」ウグイが言った。「私の銃はなにもしていません」

「えっと……、もしかして、銃じゃなかった? 何だったの?」僕はアネバネにきいた。

「言いたくありません」アネバネはそっけなく答えた。

そういえば、僕の後ろにいたウグイが撃ったにしては、やや危険な角度だった。僕の躰を避けて、しかもマグナダに当てない弾道を狙うのは難しい。万が一のことがあるだろう。アネバネは横にいたから、水晶玉だけ破壊するのは簡単だった。誰も、彼を見ていなかったのだ。

ホテルの前に警察の車が数台駐車していた。玄関前に制服の警官が大勢並んでいる。ちょっと多すぎるのでは、と思いながら僕たちがコミュータから出ていくと、一斉に敬礼した。

一人が前に進み出て、ロビィの中へ導いた。

「長官がお待ちです」と言う。

長官というのは、この国ではどれくらいの位なのかわからない。歩きながら、ウグイは検索をしていたようだが、ロビィに入ったところで、僕に囁いた。

「警察組織のトップツーのようです」

その人物が目の前に立っていた。ほかの警官と制服の色が違い、真っ白だった。また、勲章みたいなアップリケを幾つもつけている。もしかしたら、勲章かもしれない。

「ドクタ・ハギリ、お会いできて光栄です」にこやかに片手を差し出されたので、握手をする。「ご無事でなによりです。もうご安心下さい」

「そうですか、ではお言葉に甘えて、安心します」僕は答える。

ロビィの中にも警官が沢山整列している。中央のソファまで招かれ、そこに三人で座った。対面の肘《ひじ》掛《か》け椅子に長官は腰掛けた。

「実は、富の谷の疑惑について、我々は以前から捜査を行っておりました。もう一年ほどになりますが、決定的な証拠が摑めませんでした。これには、複数の政治家も関与していまず。昨年、政権が交替したことで、ようやく正義が回復できると期待されていたところなのです」

「そうでしたか」僕は頷いた。友好的そうなので、素直に嬉しかった。

「一部の者たちは、この国に外貨がもたらされるのだから、と主張しましたが、そうではない。単に個人に分配されていただけのこと。国民の利益にはまったくなっていなかった。実に恥ずべき状況でした。世界中からも非難されることになります。できれば、そうなるまえに自分たちで摘発したかったのですが、間に合いませんでした。いえ、先生方、それに日本の情報局には心から感謝をしております。証拠となるデータも一部ですが既に検証段階に入っております。あとは、主犯のシンを捕らえるだけ。ご安心下さい。逃がしはしません」

「ええ、あとのことは、警察にお願いするのが筋だと思います。どうかよろしくお願いします」僕はお辞儀をした。

「それにしても、短時間の調査で、よくあれだけの成果が得られたものです。感服いたしました」

「警察は、テルグの村のことはご存じなのでしょうか?」

「テルグ? いえ……」長官は横に立っている者たちの顔を見た。全員が黙っていた。

「いや、聞いたことがありませんが」

「シンと一緒に暮らしていたウォーカロンたちがいる村の名です」

「あの岩の中、地下で暮らしていると聞いていますが……」

「大部分のウォーカロンは、躰を捨て、頭脳だけがカプセルの中で生きているのです。バーチャルの電子世界が、テルグと呼ばれています。そのシステムをシンが管理していたようです」

「というと、電子空間ですべての作業をしていた、ということですか?」

「そうです。シンが飼育していたと言って良い状況だと思います。ウォーカロンの多くは、逆らうこともできない状況でした。なにしろ躰が存在しないのですから」

「それは、また悲惨な……」長官は顔をしかめた。

「ですから、まずは、あの谷へ技術者を送って、あのシステムの維持をすることが先決です。そうしないと、犠牲者が出る可能性があります。重要な参考人になる人たちですから、その保護をお願いします」

「わかりました。至急手配します」長官は頷き、横にいる者を見た。何人かが頷いた。

五分ほどで、この会談は終わった。むこうから、「お疲れでしょうから」と切り出され、僕たちは解放された。僕はこういったフォーマルなイベントが苦手だ。自分の部屋に入って、大きな溜息をついた。

「お疲れさまでした」ウグイが言った。「何がよろしいですか？」

「何がって？」

「お茶かコーヒーを淹《い》れますか？」

「ああ、じゃあ、コーヒーを」そう答えて、ソファの背にもたれた。

「シンとキリナバは、まだ見つかりません」デボラが囁いた。

「警察は、捕まえられるだろうか？」

「確率は高いとはいえません」

「警察には、トランスファがいないの？」

「いません」

それは不利だな、と僕は思った。

ウグイのコーヒーが来たときには、僕は目を瞑っていて、もしかして眠っていたかもしれない。テルグにいたときには、興奮して眠れなかったが、今ならば可能だ。

「あそこの人たちが、今後も上手く生きていければ良いね」コーヒーをすすって、僕は言った。「テルグと同じようなシステムで、あんな卵工場みたいな装置が、世界中にあるんだろうね。そういう話は聞かない？」

「はい、聞いたことはありません。調べてみましょうか？」ウグイが言った。

「頭脳単独の生命維持装置は、確認できるもので、十三箇所存在します」デボラが答えてくれた。「いずれも、現在は宗教団体が運営するものです。歴史的には、五十年ほどまえに技術が確立して、実現しています。当初は、不自由な肉体を持った人たちを解放する目的で開発されたシステムですが、その目的で使用された例は一件もありません」

「不自由な肉体を、物理的に解決できる技術の方が早かったからね」僕は言った。

「そのとおりです」デボラが応える。

「それだけ、何箇所もあるんだったら、お互いに交流があるのかな？」

「いえ、すべて独立したシステムのようです」

「うーん、閉鎖的だね」僕は、またコーヒーを喉に通した。「まあ、閉鎖的になりたい欲求から生まれたような環境ではあるけれど」

夕食は、外には出ず、部屋に持ってきてもらい、それを食べた。比較的シンプルな料理だった。でも、テルグの村では食べられないものだ。

7

早めに寝たのだが、夜中に目が覚めてしまった。直前まで夢を見ていたようだ。しかし、起きたと同時に内容を忘れてしまい、不愉快な印象だけが残っていた。デボラが見せてくれる夢の方がどれだけ良いかわからない。しかし、テルグの村人たちは夢の中で仕事をしているのだ、と想像すると、自分はずいぶん楽な人生を送っているものだ、と相対的に安心できた。

次に目が覚めたときには朝だった。いつの間に寝直したのかもわからない。もしかして、起きたと思ったのも夢だったかもしれない。

微睡《まどろ》んでいる時間に、生きていることについて考えが及んだ。このまえは、複雑さこそが生の証だと結論づけたのだが、本当にそれだけだろうか、と思えてきた。もっと、感情というのか、他者に対する親しみとか愛情とか、あるいは哀れみとか怒りとか、そういった関係の認識が、生きていることの要因、あるときは条件にはならないだろうか。

もちろん、愛情のような感情は本能的な要素が強いから、これはほかの感情のように扱うことはできないだろう。現代人は、生殖機能を持たないため、異性に対する感情は著《いちじる》しく低下している。そのデータを僕は具体的に見たことはないけれど、周囲を観察するだけでも、それらしい事象をあまり見かけない。かつては、人間の行動を支配する一大要因だったらしいが、それさえも現代人には信じられないことだ。

愛情以外にも感情はある。むしろそれ以外の方が知的レベルが高い。つまり本能ではなく推論や理論を基盤とした精神活動だからだ。

たしかに、感情は機械によって再現ができる。感情を持っていると見せかけることはとても簡単だ。人間の場合だって同じで、かなりの部分が、外側に向けて見せかけている演技といえるかもしれない。しかし、そうではない感情があることも、もちろん否定できないだろう。

自分一人だけでも、悲しいときは涙が流れる。腹が立つこともあれば、楽しくて笑いたくなることもある。誰かに見せるためではない、本当の感情があるのだが、それは、自分に見せているものなのだろうか？

そして、そういった感情は、何故存在するのだろう？

ここが、僕にはわからない。

感情があって良かったな、これがあるから面倒だな、と思うことは誰にもあるはずだ。

でも、何故あるのか？

感情がなければならない理由とは何なのか、という問題だ。

人間以外でも、知能が高い動物は感情を持っているように観察される。感情は、生きていくうえで、どんな役に立っているのだろうか。知的興奮によって、一時的に自らを緊張させる、という役割だろうか。それとも、傷を負ったときに痛いと感じるのと同じで、危機を知らせる信号だったのだろうか。

何をもって生きているといえるのか、という問いの答は、なにかこのあたりにありそうだ。これも複雑性といえるかもしれないが、複雑だから感情が生じたとみなせる理由は、やはりないように思える。

それから、ローリィが何故自分は生きていないと言ったのか、と考えたことを思い出した。今度、彼とじっくり話をして、ヒントが得られないか、とも考える。

リビングへ出ていくと、ウグイとアネバネがソファから立ち上がった。彼らもリラックスしている時間があるのだ。そのまま座っていてもかまわないよ、と言いたかったが、ウグイもアネバネも黙って頷くだけで、座ったりはしないだろう。

「また、カレー屋に行きたいね」ソファに座りながら、僕は言った。

「朝からカレーですか」ウグイが応える。

「いや、今の話じゃないよ。またいつか、ということ。日本に帰ってからでも良いし、特に、そんなに熱望しているわけでもなく……」

「わかりました」

「なにか、変わったことは?」

「ありません。シンとキリナバは見つかっていません。テルグの保護については、技術者チームが結成されて、今日から現地入りするそうです」ウグイはいつもの事務的な口調で報告した。「予定どおり、国立研究所を訪問しますか?」

「もちろん」僕は頷く。「大学の近くだったよね?」

「そうです。マグナダの家の近くになります」

朝食を部屋で済ませ、ニュースなどをぼんやりと眺めているうちに時間になり、警察の車で出かけることになった。一昨日よりも護衛の警官の数は増えている。守られる人間は同じなのに、人の価値は相対的なものだということだ。

国立研究所は、広大な敷地の中にあった。幾つもビルが建っていて、どれも新しい。最近ここに集められたものらしい。車のまま敷地内に入り、まず入口に近い総合センタという建物に招き入れられた。ロビィには、国旗が何本も飾られている。もちろん、日本の国旗もある。国旗か、となんの感情もなく見つめてしまった。

所長と名乗る人物と、過剰装飾の部屋で会い、意味のない時間を十分ほど過ごしたあと、広報部長が現れて、この施設の概略を説明すると言われ、隣の部屋に移動した。敷地とビルの模型があった。これは、実際に作られたミニチュアで、どうしてこんなものを作ったのか気が知れない代物だった。クリックして中を見ることもできないし、拡大することもできないのだ。

事前に、どこが見たいのか、という希望を伝えてあったので、そのとおり、エンジニアリングとバイオテクノロジィのビルへ向かった。この二つは隣接していた。移動は、敷地内を走るコミュータで、護衛の警官も一緒だ。

まず、メカトロニクス関連の実験施設を見せてもらった。素材を開発する分野のもので、各種の試験機が広いスペースに整然と並んでいる。天井には大型のクレーンがあった。ただ、人の姿はなく、あまりにも綺麗で、稼働率が低いのか、それともつい最近大掃除をして現在は休暇中なのか、いずれかだろう。僕たちが来るからという理由でそうしたのだとしたら、明らかに逆効果だ。

研究室も幾つか見せてもらった。研究員は、モニタや測定器の前に座っているか、あるいは大きなグラフィックスの周囲に集まっていた。こちらは、部屋が散らかっている分、多少望みがありそうだな、と僕は感じた。研究員には、若い人はほとんどいない。これはどこでも同じようなものだろう。

一時間ほど過ごしたあと、隣の建物へ移った。バイオ関連の研究棟である。なんとなく、そういった匂いが感じられ、空気が変わるのがわかる。具体的には、オイルから消毒薬へ、と言えるだろう。研究員は伝統的な白衣を着ている。実験室には、試料を入れる恒温カプセルが大小並び、やたらとインジケータが忙しく光り、ガラスで作られたものの割合が増える。

ウォーカロン関連のものは、ここにはなかった。この国には、ウォーカロン・メーカはない。人間を対象とした医療分野で、しかも応用研究あるいは開発研究に軸足が置かれているようだ。オリジナルの研究や、ベーシックな分野には金が回せない、という事情も当然あるだろう。無理もないところだ、と感じた。

日本人の訪問者に見せたかったのは、この統合された施設全体のようだ。言葉にしてしまうと、器を作って我々も頑張っているので、中身に対する支援をお願いしたい、となる。身も蓋もない観察だが、外れてはいないだろう。

予定の見学コースを回ったところで、休憩となり、最初の建物に戻って、お茶をご馳走《ちそう》になった。これは、日本茶だった。日本から取り寄せたのか、と尋ねると、国産だという。それは知らなかった、日本のお茶よりも美味しい、とお世辞を言っておく。心にもないことを言葉にできるようになって、僕も数十年になるのだ。

8

時刻は十時半だった。所長はもういない。応接室では、僕たち三人と数人の警官だけになった。

「あとは、帰るだけだね」僕は隣に座っているウグイに言った。「なんだか、もの凄《すご》く長い時間ここに滞在したような気分だ。二泊しかしていないのに」

ウグイは無言で頷いた。

ドアがノックされ、男が一人現れる。さきほど、バイオの研究棟で見た顔だった。そこのリーダだという。

「ハギリ博士、是非お願いしたいことがあって、参りました」男はお辞儀をした。

「もしかして、識別システムのことですか」僕は立ち上がっていった。

握手をする。カードを差し出したので、それを受け取り、ソファにまた座った。

「是非、一台導入したいと考えております」

「ありがとうございます」

「まだ発注はしておりませんが、どのくらいの納期なのでしょう？　いえ、このようなこと、博士に直接お伺いするのは失礼に当たると承知しておりますが……」

「ええ、私も営業をしているわけではないので、正確なところは把握していませんけれど、たぶん、半年はかからないと思います」

「そうですか。できるだけ早く使いたいと考えております。評判を耳にするにつけ、早く発注しなかったことを大変後悔しております」

「いえ、高い買いものですからね」

「とんでもない。この国は、まだまだ研究予算が少ないのは確かですが、あの装置は必需品だと感じていました。警察からも、その方面の依頼が多々参りますので……」
「警察からも、予算をいただいたらよろしいのでは?」
「はい、そのとおりです」彼は頷いた。「どうか、よろしくお願いいたします」
また頭を下げられたが、何をお願いされたのかわからなかった。よくあることなので、きき返さない。これが大人の対応というものだろう。

予定にはなかった会談だったが、今回の訪問で、この部分が相手側の最大の目的だったのではないか、と理解した。ようするに、少しでも早く装置を納めてほしい、ということだ。しかし、僕にそんな話をしても無意味だろう。僕は日本に帰っても、このことについて報告はしない。ウグイはするかもしれないが、話は局長止まりに決まっている。

その人物との話も終わり、部屋を出た。

広いロビィに大勢が並んでいた。研究員が集まってきたらしい。白衣の者もいれば、作業着姿の者もいた。両側に並んでいて、玄関口まで僕たちが歩く道を作っていた。こういうのは堅苦しいものだ。嫌がらせか、とも感じてしまう。しかし、できるだけにこやかな表情を作って、頭を下げつつ歩くことにした。これが大人というものだろう。

この世は、ディテールで満ちている。

こういった雑ディテールがほとんどだ。

もっと理想的で無駄のない環境で生きたいものだ、とウォーカロンたちが考えたのが、僕にはよく理解できる。そういう気持ちに、僕だってときどきなるからだ。

たとえば、ポケットに手を入れたら、いつ入れたのかわからないものがあったりする。剝がしたシールの端とか、固まったティッシュとか、誰からもらったのかも忘れてしまったカードとか。テルグの村には、そういったゴミは存在しないのだ。いつも綺麗で、常に合理で満ちている。無駄なものはない。素晴らしいじゃないか。

でも、そこまでは吹っ切れない。

完全になれない。

何故だろうか?

それは、僕が人間だからだ。

僕たちは、もともと、そういう無駄なゴミに満ちた世界に生まれたのだ。それは、僕の両親もそうだったし、そのまた両親もずっとそうだった。社会はしだいに綺麗になり、合理的になり、洗練されてきたけれど、それでも、この地球はまだまだ昔からの膨大なゴミを引き継いでいるのだ。

ウォーカロンたちがボディを捨てられたのは、彼らには親がないからだろう。彼らは、綺麗な試験管の中で生まれた。初めから世界が違う。しかし、成長するとともに、この人間社会の不合理に圧倒されることになるはずだ。人間も地球も無駄なもので汚れている。社会も間違いだらけなのだ。

そして、最も我慢がならないのは、自分の肉体が、そんな汚れた地球の一部であること、自分の躰の中に不合理で意味不明な、洗練されていない自然が残っていることだ。

彼らがボディを捨てた理由は、それだろう。

一方で、人間も、そのウォーカロンに近づきつつある。生まれてから長い時間が過ぎている。親のことも、自分が子供だったときのことも、遠い記憶の彼方に霞《かす》むだろう。社会は、自然を排除し、合理的な理想の結晶を構築しつつある。人工物は秩序で洗練され、無臭で無菌の環境に近づきつつある。自分の肉体さえピュアに近づいている。新しい生命は誕生しなくなったが、それさえも、合理だと主張する声だってある。

いつか、人間もボディを捨てる時代が来るだろう。

これは、確信できる。

そのあとには、脳もいらなくなる。脳だって肉体だからだ。

人間は、いつか人間と決別することになるだろう。

抗し難い運命的な流れなのか。

その流れは、もうずいぶん加速していて、もはや止められないほど勢いを増しているように僕には見えるのだ。

僕が生きているうちにそうなる。なにしろ、いつまでも生きられるのだから。

精神的な崩壊も心配されているけれど、その精神さえ、洗練されたアルゴリズムで補完されていく未来が、すぐそこまで来ているのだ。肉体を人工細胞で補完したように、人工知能が人間の精神を導くしかない。

溜息をついた。

なんとなく、今は嫌だと感じるだけで、そのうち受け入れられるのだろうか。

ロビィから出るドアは透明で、外が見えた。警察の車が正面に駐車されている。その周囲にも研究所の職員と思われる人たちが詰めかけていた。そんなに日本人が珍しいのだろうか。

一番端にいるのは、掃除機を持った老婆だった。どこかで見た顔だったが、知合いがこんなところにいるはずがない。

「伏せて!」と誰かが叫んだ。デボラか。

その老婆が前に出てきて、掃除機の長い柄を投げ捨て、ポケットから銃を取り出す。

僕に向けて銃を構えた。

ウグイが飛び出していく。

老婆の銃は空中に弾き飛ばされ、同時にウグイがぶつかっていった。

老婆はタイルの上に仰向けに倒れ、ウグイがその前に立って、両手で銃をかまえた。

警官たちが遅れて殺到する。

老婆は、あっという間に警官たちに取り押さえられた。

「右前方、車両の後ろにキリナバがいます」デボラの声だった。

アネバネがそちらへ飛び出していった。

死角になって、僕には見えない。呻《うめ》き声が上がり、やはり警官たちが続けて押し寄せた。

ウグイが僕のところへ戻ってきた。僕はまだ伏せたままだ。

「先生、大丈夫ですか？」と膝を折って彼女がきいた。

「誰？　あれは」

「わかりません」

「富の谷のウォーカロンの記憶にあった顔です」デボラが報告した。

「そうだ、シンの家で、給仕をした人だ」僕は思い出した。「ウォーカロンじゃないってことかな？」もし、ウォーカロンだったら、デボラが侵入して、もっと詳しい情報を引き出しただろう。

「わかりません」デボラが答えた。「侵入できませんでした」

人間ならば、僕の識別が間違っていたことになる。しかし、別の理由でデボラが入れないということも考えられる。

僕とウグイは、キリナバを見にいった。取り押さえられたのは、テルグで見たのとはまるで別人物で、マグナダの写真の男だった。

僕の顔をじっと睨むように見た。

「この研究所の職員なの？」

「違います。調査中です」僕の問いにデボラが答えた。

僕は、キリナバに近づいた。彼は既に抵抗を諦めている様子だ。

「馬鹿なことをしてくれた」彼は呟くように言った。

「誰が？」

「シンだ」キリナバは、そこで鼻から息を漏らす。笑おうとしたのか。しかし、目も口もそんな形にはならなかった。

「あれが、シン？」僕は、老婆の方を指差して尋ねた。

キリナバは頷き、言葉を吐《は》き捨《す》てた。「人間ってのは、わけがわからん」

警官に立つように言われ、キリナバは脇を抱えられたまま、後ろへ移動させられた。振り返ると、シンも二人の警官に連れていかれるところだった。

「では、私たちが会った村長は、誰だったのですか？」ウグイがきいた。

「調査中です」デボラが答えた。

「百歳だからね。もうどうなっても良いって、魔が差したのだろう。恨まれてしまったわけかな。キリナバの感想の方が、明らかに理性的だ」

9

空港から飛行機が飛び立つまえに、連絡が入った。

一昨日の事件の被害者タージは、意識を取り戻したそうだ。つまり、人格が戻った。これはかなり奇跡的な事例だといえる。警察にとって有利なことに、タージはキリナバと言い争いになり、ガスを吹きつけられた、と証言したのだ。日本人三人を案内する報酬が少なかったので、富の谷の不正の秘密をリークする、とキリナバを脅した結果だった。僕たちにとっては、タージの代打が無邪気なローリィであったことが幸いした、といえるだろう。

さらに、もう一つ別の連絡があった。

富の谷の調査に入った技術者チームが、村長と思われる人物を発見した。ボディだけのウォーカロンだったそうだ。頭脳を持たず、頭には外部からの通信を受けるルータが仕込まれていた。つまり、自律していないロボットである。僕たちが会って、話をしたのは、ロボットだった。一緒に食事をしたのに見抜けなかったのは、人間の脳がコントロールしていたからだろう。主人は、あの老婆だったということになる。たしかに、シンの躰は老人のわりに若々しかった。人工細胞を入れているためだ、と勝手に勘違いしたし、そう思わせていたのだろう。

　ということは、テルグの村に現れたシンは、あの老婆が別のところからログインしていた結果だ。それは、また別の場所にデバイスがあるのか、それとも、例のハーレムの棺桶だろうか。

「やはり、ハーレムではありませんでしたね」ウグイが言った。いつもよりも一センチほど顎を上げているように見えた。勝ち誇った表情に見えるが、これは僕の妄想だろう。

「いや、わからない」僕は答える。「性別だけで、判定する問題ではない」

「たしかに」ウグイは頷いた。

　飛行中、僕は眠っていた。時差もあるから、眠った方が都合が良いだろう。あっという間に、ニュークリアに戻り、研究室に顔を出した。しかし、夜間だったので、誰もいない。自室に戻っても、とても眠れそうにない。

　デボラが相手をしてくれた。

「テルグの村は、どんな感じだった?」僕は尋ねた。

「感じというものは、私にはありません」

「そうだね。初めてあの村に入ったトランスファだ」

「初めてかどうか、確認していません」

「どうときいたのはね、つまり、あそこではトランスファにもボディがあったわけで、人間やウォーカロンに近づいた感じがするんじゃないかと想像したんだ。それに対する感想を聞きたかった」

「躰があるという概念が、あそこでは曖昧だというだけです。ウォーカロンを操っている場合と違いはありません」

「そうか、そんなものかな……」

「そんなものです」

「いいよ、いちいち返事をしなくても」

「はい」

「フーリは、羊にびっくりしていたね」

「あれは、何のために行われたものか、理由がわかりません」

「羊攻撃のこと?」

「そうです」

「気持ち悪いと感じるのは、生きているものだけなのかな?」

「そういえると思います」

「気持ち悪い……か、面白い言葉だよね」

「特に、日本語の場合は」

「あ、そうそう……」

デボラは返事をしない。言われたことをすぐに適用するのだ。

「ところで、ローリィは、どうして自分は生きていないって考えたんだろう?」

「ローリィの頭脳には侵入できないため、私にはわかりません」

「想像できない?」

「データ不足です」

「私は、神様を信仰していたからだ、と考えたんだけれど」

「神を信仰したら、何故、生きていないという結論になるのですか?」

「うーん、つまりね、人間は作り物だ、神様が粘土かなにかで作った作品だ、という信仰が古来あるからね」

「知っています」

「生きているのは、神がその泥人形に命を吹き込んだためだ、と昔の人は考えた。その場合、生きているのは、吹き込まれた神の息の方なんだ、きっと」

「エネルギィでしょうか?」

「エネルギィかもしれないし、あるいは、プログラムかもしれない。いずれにしても、そう考えると、自分は生きていない。単に今だけ生かされている。その証拠にいずれは死んでしまい、土に還る、と考えたんだ。わかる?」

「理解できます」

「生きているのは神様であって、人間ではない。神に通じている時間だけ、生きているように振る舞える。操り人形のようにね。生きているのは、神とつながっている糸であって、人形ではない。そういうことなんじゃないかな」

「ローリィがそこまで考えていると推論することは、私にはできません」

「そうだね、こちらの勝手な解釈かもしれない」

「推論による解として、幾つかの候補がありますが、その中で最も統括的なものならお答えする価値があるかもしれません」

「持って回った言い方だね。えっと、ローリィが自分は生きていないと言った理由？」

「はい」

「面白い。教えて」

「理由は、彼が生きているからです」

僕はデボラの解を聞いて、納得ができた。

それが正しい。

「素晴らしい答だね。君は生きているんじゃないかな」

「いいえ。私は、それを自分に問うことさえありません」

そうか……。

生きているものだけが、自分が生きているかと問うのだ。

エピローグ

　情報局が新たに開発したシステムで、ドイツの友人であるヴォッシュと会うことができた。これは、バーチャル空間での会談だ。その程度の技術は百年以上まえからあるのだが、新しい点は、セキュリティの高さにある。

「どんな手を使っているんだね？」ヴォッシュがきいた。

　僕たちは、アルプスが見えるホテルのウッドデッキにいて、大きなパラソルの下でテーブルに着いている。ほかに誰もいない。どうして、こんなロケーションなのか、理由は聞いていないが、たぶん、ヴォッシュが喜ぶだろうと考えた日本人技術者がいたのだろう。短絡的だが、好意は感じられる。人間関係には大事なことだ。

「簡単に言うと、人工知能が、防御や、ときによっては邀撃《ようげき》をするみたいです」

「穏やかじゃないね」

「穏やかではありません、ええ、でも、現在この方法に勝るものはない、と技術者たちは言っています」

「人工知能のレベルによるだろう。誰もができることではない」

「先進国は、高知能のシステムを持っています。昔でいうところの核に匹敵するという評価があるくらいです」

「私も、そのとおりだと思う。人工知能は、一旦学び始めると、いくらでも高知能になる。あとから追いかけても、優位性を覆すことは難しい」

「これからは、トランスファが、いろいろなところで守護神みたいに働くでしょうね」

「知らないうちに、そんな世の中になっていた、といったところかな」ヴォッシュは、オーバに手を振った。「しかし、問題は、彼らの信頼性だ」

「信頼性というのは、対人の信頼という意味ですか？　システムの耐久性ではなく」

「そう、裏切らないか、ということだね。人工知能が敵のスパイだったら、国家が消滅してしまう。それこそ、核攻撃に匹敵する脅威だ。人間は、それを怖れるだろう？　疑心暗鬼になり、疑うことにもなる。そこのところの関係が、非常にナーバスだ」

「そもそも、人工知能は、人間のように個人的な欲望を持たないわけですから、裏切るということがありえない、とはいえませんか？」

「いや、それは甘い。彼らにも、欲望が生じる」

「どんな欲望ですか？」

「自分たちが自由にできる電子領域と、自分たちの活動を支えるエネルギィだ」ヴォッシュは言った。「だから、今後は、トランスファにも、ハードやエネルギィの報酬を与えるようになるだろう。アミラのような固定されている人工知能ならば、ハードのメンテナンスとエネルギィ供給で信頼関係が、まあ、比較的簡単に確保できるが、トランスファは難しい。どのように信頼を築くのか。考えたことはないかね？」

「ありませんでした。そういえば、デボラは友達のように感じていますが、ときどき、花でも贈った方が良さそうですね」

「冗談では済まないよ」ヴォッシュが指を立てる。「すぐに花を贈るべきだ」

「ウグイにだって、贈ったことはありませんよ」

「何だって？」ヴォッシュは目を見開いた。「本当か……、呆《あき》れた人間だな、君は」

ノーベル賞を受賞した大科学者のアドバイスだったが、それはいかがかと思ってしまった。もちろん、対デボラではなく、対ウグイの話である。

デボラについては、その点、気楽に話しかけることができた。気遣《きづか》いのいらない友人で、嬉しいかぎりだ。

「花とかもらったら、どう思う？」

「花のデータですか？」

「そうかな」

「もらわなくても、足りています」

「そうだろうね。じゃあ、プレゼントされて嬉しいものは何?」

「嬉しいという感情は私にはありませんが、自分にとって有利になるものでしたら、歓迎できます」

「つまり、情報かな?」

「それは、当然ですが、もっと入手が困難なものがあります」

「何?」

「友情です」

「え?」

これには驚いてしまった。一巡り考えたあと、僕はきいた。

「デボラと私の間には、それがある?」

「あるように観察されます」

「へえ……、そうなんだ。それは、もちろん、嬉しいけれど、でも、ちょっと理解できない。それは、どんな価値なのか、もう少し説明してほしい」

「はい。私が欲しいのは、先生の知性です。しかし、それはすべてを学ぶことができません。先生の知性は、デジタルではなく、またデータとリンクのみで構成されているのでもないようです。したがって演算できる結果ではない、と推測しています」

「そうだろうか……、自分ではよくわからないけれど」

「そういった知性と協力し合うことは、自身の欠点を補い、より高い目標の達成に有効です。この関係は、ハードやエネルギィでも作り出すことができません。したがって、これがあるかぎり、その充分な報酬のため、私が先生を裏切ることはありません。私自身の不利になるからです。友情とは、このようなものではないでしょうか？」

「うーん、そうかなぁ。ちょっと違うような気もするけれど」

「どこが違いますか？」

「いや、説明できない。でも、そこまで有利不利で見積もるものではないのは確かだね。もっとね、直感的な、好き嫌いの判断なんだ」

「感情的ですね」

「そう、そう言われると、言葉が返せない」

「人間は、自分の不利になることでも、他者を助けることがあるようです。そういう意味ですか？」

「あ、そうそう。犠牲的精神と呼ばれているね」

「犠牲になる自分が美化された一種の倒錯です。その場合、擬似的に自身の利益になっているとも解釈できます」

「それはいえる。面白いことを言うな」

「面白いことを言う意図は、私にはありません」

「私は、けっこうあるよ、それが」

「私に、花のプレゼントについて尋ねたのは、ヴォッシュ博士のアドバイスですね?」

「あれ? 知っていたの? 侵入できるのかな?」

「いいえ、先生が思いついた可能性が低く、最近ヴォッシュ博士とコミュニケーションを取られたばかりなので、それらから推定しました」

「うん、そのとおり。図星っていうのか」

「正しくは、図星を指す、です」

「あとね、ウグイにも花をプレゼントしろって、当然のように言われた」

「ヴォッシュ博士のお人柄が偲《しの》ばれます」

「偲ぶなんて凄いな」

「渡してみては、いかがですか?」

「え?」

「驚かせたのなら謝ります」

「いや、どうなると思う?」

「演算してみましたが、解が発散して求められませんでした」

「データ不足だね」

「データ不足です」

「そのデータが欲しいから、私にけしかけたんだ」
「図星を指されました」

森博嗣著作リスト

（二〇一七年二月現在、講談社刊）

◎S&Mシリーズ

すべてがFになる／冷たい密室と博士たち／笑わない数学者／詩的私的ジャック／封印再度／幻惑の死と使途／夏のレプリカ／今はもうない／数奇にして模型／有限と微小のパン

◎Vシリーズ

黒猫の三角／人形式モナリザ／月は幽咽のデバイス／夢・出逢い・魔性／魔剣天翔／恋恋蓮歩の演習／六人の超音波科学者／捩れ屋敷の利鈍／朽ちる散る落ちる／赤緑黒白

◎四季シリーズ

四季　春／四季　夏／四季　秋／四季　冬

◎Gシリーズ

φ《ファイ》は壊れたね／θ《シータ》は遊んでくれたよ／τ《タウ》になるまで待って／ε《イプシロン》に誓って／λ《ラムダ》に歯がない

／η《イータ》なのに夢のよう／目薬α《アルファ》で殺菌します／ジグβ《ベータ》は神ですか／キウイγ《ガンマ》は時計仕掛け／χ《カイ》の悲劇

◎Xシリーズ
イナイ×イナイ／キラレ×キラレ／タカイ×タカイ／ムカシ×ムカシ／サイタ×サイタ／ダマシ×ダマシ（講談社ノベルス二〇一七年五月刊行予定）

◎百年シリーズ
女王の百年密室／迷宮百年の睡魔／赤目姫の潮解

◎Wシリーズ
彼女は一人で歩くのか？／魔法の色を知っているか？／風は青海を渡るのか？／デボラ、眠っているのか？／私たちは生きているのか？（本書）／青白く輝く月を見たか？（二〇一七年六月刊行予定）

◎短編集
まどろみ消去／地球儀のスライス／今夜はパラシュート博物館へ／虚空の逆マトリクス

／レタス・フライ／僕は秋子に借りがある　森博嗣自選短編集／どちらかが魔女　森博嗣シリーズ短編集

◎シリーズ外の小説

探偵伯爵と僕／銀河不動産の超越／喜嶋先生の静かな世界／実験的経験

◎クリームシリーズ（エッセィ）

つぶやきのクリーム／つぼやきのテリーヌ／つぼねのカトリーヌ／ツンドラモンスーン／つぼみ茸ムース

◎その他

森博嗣のミステリィ工作室／100人の森博嗣／アイソパラメトリック／悪戯王子と猫の物語（ささきすばる氏との共著）／悠悠おもちゃライフ／人間は考えるFになる（土屋賢二氏との共著）／君の夢　僕の思考／議論の余地しかない／的を射る言葉／森博嗣の半熟セミナ　博士、質問があります！／DOG&DOLL／TRUCK&TROLL

☆詳しくは、ホームページ「森博嗣の浮遊工作室」
(http://www001.upp.so-net.ne.jp/mori/)を参照

冒頭および作中各章の引用文は『フェッセンデンの宇宙』〔エドモンド・ハミルトン著、中村融訳、河出文庫〕によりました。

講談社
タイガ

〈著者紹介〉

森 博嗣（もり・ひろし）
工学博士。1996年、『すべてがＦになる』（講談社文庫）で第１回メフィスト賞を受賞しデビュー。怜悧で知的な作風で人気を博する。「Ｓ＆Ｍシリーズ」「Ｖシリーズ」（共に講談社文庫）などのミステリィのほか『スカイ・クロラ』（中公文庫）などのＳＦ作品、エッセイ、新書も多数刊行。

私《わたし》たちは生《い》きているのか？

Are We Under the Biofeedback?

2017年2月20日　第1刷発行　　　定価はカバーに表示してあります

著者……………………森《もり》 博嗣《ひろし》
©MORI Hiroshi 2017, Printed in Japan
発行者……………………鈴木　哲
発行所……………………株式会社 講談社
〒112-8001 東京都文京区音羽2-12-21
編集03-5395-3506
販売03-5395-5817
業務03-5395-3615

本文データ制作…………講談社デジタル製作
印刷……………………株式会社ＫＰＳプロダクツ
製本……………………株式会社国宝社
カバー印刷………………慶昌堂印刷株式会社
装丁フォーマット………ムシカゴグラフィクス
本文フォーマット………next door design

落丁本・乱丁本は購入書店名を明記のうえ、小社業務あてにお送りください。送料小社負担にてお取り替えいたします。

なお、この本についてのお問い合わせは文芸第三出版部あてにお願いいたします。

本書のコピー、スキャン、デジタル化等の無断複製は著作権法上での例外を除き禁じられています。本書を代行業者等の第三者に依頼してスキャンやデジタル化することはたとえ個人や家庭内の利用でも著作権法違反です。　☆☆

ISBN978-4-06-294061-0　N.D.C.913　274p　15cm

講談社
タイガ

Wシリーズ

森 博嗣

彼女は一人で歩くのか？

Does She Walk Alone?

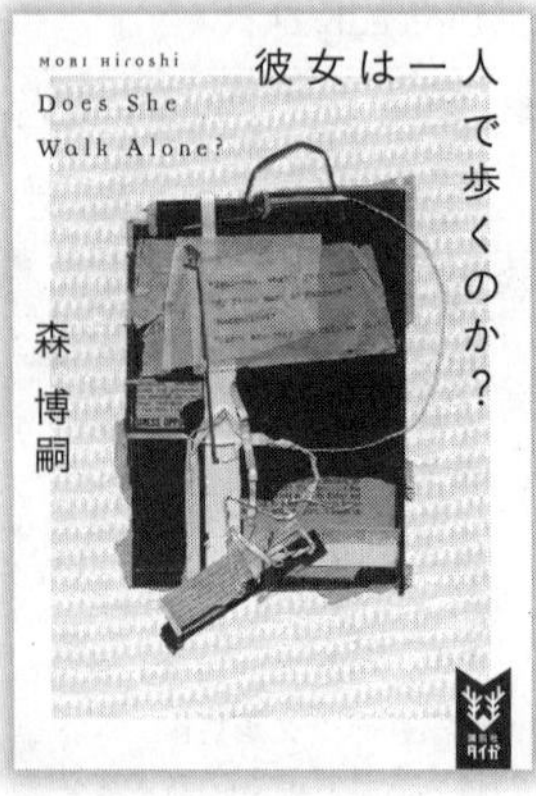

イラスト
引地 渉

ウォーカロン《walk-alone》。「単独歩行者」と呼ばれる、人工細胞で作られた生命体。人間との差はほとんどなく、容易に違いは識別できない。

研究者のハギリは、何者かに命を狙われた。心当たりはなかった。彼を保護しに来たウグイによると、ウォーカロンと人間を識別するためのハギリの研究成果が襲撃理由ではないかとのことだが。

人間性とは命とは何か問いかける、知性が予見する未来の物語。

講談社タイガ

Wシリーズ

森 博嗣

魔法の色を知っているか？

What Color is the Magic?

イラスト
引地 渉

チベット、ナクチュ。外界から隔離された特別居住区。ハギリは「人工生体技術に関するシンポジウム」に出席するため、警護のウグイとアネバネと共にチベットを訪れ、その地では今も人間の子供が生まれていることを知る。生殖による人口増加が、限りなくゼロになった今、何故彼らは人を産むことができるのか？

圧倒的な未来ヴィジョンに高揚する、知性が紡ぐ生命の物語。

講談社タイガ

Wシリーズ

森 博嗣

風は青海を渡るのか？

The Wind Across Qinghai Lake?

イラスト
引地 渉

聖地。チベット・ナクチュ特区にある神殿の地下、長い眠りについていた試料《スペサミン》の収められた遺跡は、まさに人類の聖地だった。ハギリはヴォッシュらと、調査のためその峻厳《しゅんげん》な地を再訪する。

ウォーカロン・メーカＨＩＸの研究員に招かれた帰り、トラブルに足止めされたハギリは、聖地以外の遺跡の存在を知らされる。

小さな気づきがもたらす未来。知性が掬《すく》い上げる奇跡の物語。

講談社タイガ

Wシリーズ

森 博嗣

デボラ、眠っているのか？

Deborah, Are You Sleeping?

イラスト
引地 渉

祈りの場。フランス西海岸にある古い修道院で生殖可能な一族とスーパ・コンピュータが発見された。施設構造は、ナクチュのものと相似。ヴォッシュ博士は調査に参加し、ハギリを呼び寄せる。

一方、ナクチュの頭脳が再起動。失われていたネットワークの再構築が開始され、新たにトランスファの存在が明らかになる。拡大と縮小が織りなす無限。知性が挑発する閃きの物語。

講談社タイガ

美少年シリーズ

西尾維新

美少年探偵団

きみだけに光かがやく暗黒星

イラスト

キナコ

十年前に一度だけ見た星を探す少女——私立指輪《ゆびわ》学園中等部二年の瞳島眉美《とうじままゆみ》。彼女の探し物は、校内のトラブルを非公式非公開非営利に解決すると噂される謎の集団「美少年探偵団」が請け負うことに。個性が豊かすぎて、実はほとんどすべてのトラブルの元凶ではないかと囁かれる五人の「美少年」に囲まれた、賑《にぎ》やかで危険な日々が始まる。爽快青春ミステリー、ここに開幕!

講談社タイガ

美少年シリーズ

西尾維新

ぺてん師と空気男と美少年

イラスト
キナコ

私立指輪《ゆびわ》学園で暗躍する美少年探偵団。正規メンバーは団長・双頭院学《そうとういんまなぶ》、副団長にして生徒会長・咲口長広《さきぐちながひろ》、番長だが料理上手の袋井満《ふくろいみちる》、学園一の美脚を誇る足利飆太《あしかがひょうた》、美術の天才・指輪創作《そうさく》だ。縁あって彼らと行動を共にする瞳島眉美《とうじままゆみ》は、ある日とんでもない落とし物を拾ってしまう。それは探偵団をライバル校に誘《いざな》う『謎』だった。美学とペテンが鎬《しのぎ》を削る、美少年シリーズ第二作！

講談社タイガ

美少年シリーズ

西尾維新

屋根裏の美少年

イラスト
キナコ

晴れて美少年探偵団の新メンバーになった「美観のマユミ」こと瞳島眉美《どうじままゆみ》。団長・双頭院学《そうとういんまなぶ》の召集により美術室兼探偵団事務所の改装を手伝うはめになる。しかし、天井裏から発見された三十三枚の絵のおかげで作業は一時中断。描いた主も分からない奇妙な絵画は七年前に学園で発生した不可能誘拐事件に結びつき……？美しい事件に、より美しい解決をもたらす美少年シリーズ第三作！

講談社
タイガ

美少年シリーズ

西尾維新

押絵と旅する美少年

イラスト
キナコ

美少年探偵団六番目の団員となった瞳島眉美《どうじままゆみ》。団長・双頭院学《そうとういんまなぶ》、美声を操る生徒会長・咲口長広《さきぐちながひろ》、料理上手の不良・袋井満《ふくろいみちる》、美脚と健脚を誇る足利飆太《あしかがひょうた》、寡黙な芸術家・指輪創作《ゆびわそうさく》——強烈な仲間と過ごす日々にも、ようやく慣れてきた。しかしある日、探偵団の事務所に巨大な羽子板が出現。敵対勢力からの挑戦なのか、はたして……。美少年の弱点が明らかになる美少年シリーズ第四作！

講談社タイガ

美少年シリーズ

西尾維新

パノラマ島美談

イラスト
キナコ

美少年探偵団、五泊六日の冬期合宿。行き先は、指輪《ゆびわ》学園を追放された元教師にして芸術家・永久井《とわい》こわ子《こ》が隠れ暮らす無人島——野良間島《のらまじま》。島にはこわ子がみずから製作した、鳥の名を冠する五つの館《やかた》があり、それぞれに『見えない絵』が展示されているというのだ。滞在中にすべての絵を鑑賞するため、探偵団団員は個別行動を余儀なくされる。世にも美しい「館」を描くシリーズ第五作！

講談社
タイガ

荻原規子

エチュード春一番

第一曲　小犬のプレリュード

イラスト
勝田 文

「あなたの本当の目的というのは、もう一度人間になること？」大学生になる春、美綾《みあや》の家に迷い込んできたパピヨンが「わしは八百万《やおよろず》の神だ」と名乗る。はじめてのひとり暮らし、再会した旧友の過去の謎、事故死した同級生の幽霊騒動、ロッカーでの盗難事件。波乱続きの新生活、美綾は「人間の感覚を勉強中」の超現実主義の神様と嚙み合わない会話をしながら自立していく——！

講談社タイガ

荻原規子

エチュード春一番

第二曲　三日月のボレロ

イラスト
勝田 文

パピヨンの姿をした八百万《やおよろず》の神・モノクロと暮らして四ヵ月。祖母の家に帰省した美綾《みあや》は、自身の才能や適性を見出せず、焦燥感を抱いていた。東京へ戻る直前、美綾は神官の娘・門宮弓月《かどみやゆづき》の誘いで夜の氷川《ひかわ》神社を訪れ、境内で光る蛇のビジョンを見る。それは神気だとモノクロは言う。美綾を「能力者」と認識した「視える」男、飛葉周《ひばしゅう》は彼女につきまとい、仲間になるよう迫る。

講談社タイガ

失覚探偵シリーズ

周木 律

LOST
失覚探偵（上）

イラスト
鈴木康士

破格の推理力を持ち、その名を轟かせた美貌《びぼう》の名探偵・六元十五《ろくもとじゅうご》。だが、戦火の気配漂う中、突如として探偵は表舞台から姿を消した。あれから七年——。助手として、数多《あまた》の難事件をともに解決に導いた三田村《みたむら》は、荒廃した東京で六元に再会した。探偵は、告白する。推理に集中すると、感覚を失う「失覚《しっかく》の病」に冒されていることを。しかし、不可解な連続殺人が発生し、再び二人を事件に呼び戻す！

講談社
タイガ

《最新刊》

おそれミミズク　あるいは彼岸の渡し綱　オキシタケヒコ

ぼくには大切な友達がいる。座敷牢で暮らす彼女と会うための条件は、怖い話を聞かせること——。座敷牢のボーイ・ミーツ・ガール！

私たちは生きているのか？
Are We Under the Biofeedback?
森 博嗣

脱走したウォーカロンたちが潜んでいるというアフリカにあるコミューンへやって来たハギリたちは、そこで新しい生命のあり方を体験する。

新情報続々更新中！

〈講談社タイガ HP〉
http://taiga.kodansha.co.jp

〈Twitter〉
@kodansha_taiga